平清盛 二

Tairano Kiyomori

作 藤本有紀
ノベライズ 青木邦子

NHK出版

平清盛　一

装幀　鈴木正道（Suzuki Design）
題字　金澤翔子
カバー写真　©Aaron Foster/Getty Images

目次

第一章　ふたりの父

文治元（一一八五）年三月二十四日。

長門国壇ノ浦《ながとのくにだんのうら》は、平家を象徴する赤一色に染まっていた。浜は激しい戦いの爪痕を残し、持ち主を失った赤い幟《のぼり》や赤い旗が散乱している。水平線へと沈む夕日は海を赤く照らした。

相模国鎌倉《さがみのくにかまくら》の勝長寿院《しょうちょうじゅいん》では、立柱の儀式が行われようとしていた。勝長寿院は源頼朝《みなもとのよりとも》により建立された寺院だけに、境内には白い幕が張られ、白い幟がたちならぶなど、源氏の象徴である白が随所にあしらわれている。

頼朝は源氏の棟梁として皆々の先頭で供え物を奉納し、その後方に源氏の家人、役人たちが列座していた。

儀式のさなか、馬蹄の音が響き、「殿！」という呼びかけとともに女人が馬を駆ってきた。

「政子《まさこ》か」

頼朝が振り返った。政子とは、頼朝の正室で北条時政の娘・政子のことである。

政子が馬を降り、頼朝のそばに近寄った。

「申し上げます。さきほど長門より早馬が着き、三月二十四日、長門国壇ノ浦にて義経《よしつね》殿率いるわが源氏勢が平家方を討ち破り、平家一門は次々と海中に身を投じ、申《さる》の刻に至り、ついに滅亡せる由《よし》にございます」

政子の報告に、家人や役人たちから歓声があがった。

だが、頼朝は深い物思いに沈んだ。


〈私が平家の滅亡を知ったのは、父・義朝《よしとも》の菩提《ぼだい》を弔う寺の立柱儀式の席だった〉


頼朝は一同に背を向け、義朝の形見の太刀「髭切り」に視線を落とした。

「殿。おめでとうございます」

政子の声が弾んでいる。

家人たちも歓喜にわき、平家や平家に繁栄をもたらした平清盛《たいらのきよもり》への積年の恨みを口にした。

「やめい！　平清盛なくして、武士の世は来なかった」

頼朝は思わず厳しい口調で咎め、驚いて顔を見合わせる家人たちの目を避けるように再び背を向けた。背中に、政子の怪訝そうな視線を感じる。

〈おかしなことを口走ってしまった。と自分でも思った。自ら平家を滅ぼしておきながら何を言っているのだと。しかし私は知っていたのだ。海に生き、海に栄え、海に沈んだ平家という巨大な一門。その平家一門を築き上げた男、平清盛こそが、誰よりもたくましく乱世を生き抜いた、真の武士であったことを――〉

静けさを取り戻した壇ノ浦の海面に気泡が立った。生命を吹き込まれたような何かが、泡の軌道を描いてゆっくりと、深く沈んでいき、海の底に突き刺さった。剣である。この時代に台頭した武士たちが、貴族たちの偏見や蔑みとせめぎ合い、大きく成長を遂げた強さの象徴ともいうべき剣だ。

やがて、何者かの手が海の底の剣を引き抜き、海中に高々と掲げた。暗い海の底に煌々《こうこう》とした光が射し込み、剣を照らした。

＊　＊　＊

壇ノ浦の戦よりおよそ七十年近く遡った元永元（一一一八）年一月。

三百年の平安を誇った貴族の世も都の治安が乱れ、武士は朝廷の警備や貴族の警固にあたると同時に、盗賊などの追討や捕縛を行って力を蓄えていった。

〈平清盛。その男がこの世に生を受けた頃、武士はこう呼ばれていた。朝廷の番犬。王家の犬〉

武士の中でも、一頭地を抜いていたのが平氏と源氏だった。平氏では、のちに清盛の父となる平忠盛《ただもり》、清盛の祖父・平正盛《まさもり》が、源氏では頼朝の祖父・源為義《ためよし》が、見返りの恩賞を得ようと汚れ仕事を引き受けて手柄を競い合った。それが、この時代の武士の在り方だった。


門が壊れ、荒廃した神社の境内のあちこちに乞食が寝転がっている。食い詰めたらしく、やせ細った乞食たちだ。力なく横になっていた乞食たちが、ぎょっとして身を起こした。

馬の蹄の音を高く響かせ、武士の一団が賑々しくやってきたのだ。

棟梁と思われる壮年の武士が、社殿に向かって朗々と声を張った。

「盗賊朧月《おぼろづき》。そこに隠れているのはわかっておる。平氏が棟梁・平正盛が召し捕りに参った。おとなしく従えば傷つけはせぬ」

名乗ったとおり、これが平氏の棟梁・平正盛だ。あとに正盛の嫡男・忠盛、次男・忠正《ただまさ》、家人の平家貞《いえさだ》、平盛康《もりやす》が続き、郎党たちを含めると十数人の武士団がみな武具をまとい、腰に太刀を帯び、弓矢を背負い、勇ましい格好をして社殿を取り巻いた。

社殿から返答はなく、境内はしんと静まり返っている。

「出てこぬなら、こちらから討ち入るまでぞ!」

正盛が叫んだ直後、社殿から無数の矢が飛んできた。正盛が太刀で矢を払っている間に、忠盛は飛び交う矢の中をかいくぐり、太刀で払いのけながら突進すると、馬ごと社殿に飛び込んだ。すぐに家貞、忠正らも踏み込んでいき、社殿の中は激しい乱闘になった。

忠盛が狙うは頭領の朧月だ。朧月もまた、忠盛が相手なら望むところだと、ニヤリと笑って太刀を抜いた。

忠盛と朧月は鍔迫《つばぜ》り合いの接戦を演じ、忠盛の太刀がわずかに勝って朧月の体を切り裂いた。

「……憶えておくがよい。お前が人を斬るは、俺が盗みを働くと同じことじゃ」

忠盛の耳元に謎めいた言葉を吹き込むと、朧月はずるずると崩れ落ちて息絶えた。

朱雀大路《すざくおおじ》を行く平氏の隊列は、乱れた着衣に盗賊の返り血を浴びたままだ。正盛が後ろから来た牛車に気づき、心得た様子で道を開けると馬を降りて一礼した。

牛車から顔を出したのは、関白・藤原忠実《ふじわらのただざね》だ。むさくるしい武士の一団に、忠実は汚らわしそうに口元を袖で覆った。

「正盛か。どこへ行きやる」

「院の命により、盗賊朧月一味を召し捕らえましたゆえ、そのご報告に参るところにございます」

院とは白河院《しらかわいん》を指している。白河院は長期にわたる院政をしき、鳥羽《とば》が帝の位についたのちも朝廷をしのぐ権力を持ち続けている。

忠実はいかにも不興そうに眉をひそめた。

「するとそれは盗賊の血か……あぁー、嫌、嫌。そのような血まみれの姿で歩くでない」

忠盛はむっとした。院の命令を遂行し、あげく文句を言われる筋合いはない。

だが、正盛は慇懃に頭を下げた。

忠実は帝を補佐する摂政・関白など朝廷の要職を独占してきた藤原摂関家の長であり、院政が行われている今日でもなお貴族の最高位についていた。

京・賀茂川《かもがわ》の河原で、忠盛は着衣にしみついた血を洗い流した。いくら身を清めても、忠実への業腹《ごうはら》な思いはなかなか水に流すことができない。ぶつぶつ文句を言っていた忠盛は、背後に人の気配を感じ、太刀に手をかけながら素早く振り返った。

「……なんだ、乞食か」

乞食は苦しそうに唸っている。そばに寄って様子を見ると、意外にも女だった。

平氏は京の六波羅《ろくはら》に屋敷を構えている。忠盛はとりあえず、女乞食を六波羅にある自分の館に連れ帰った。ところが介抱しようにも、あいにく侍女たちが出払っている。どうしたものかと困っていると、こんな慌ただしいときに限って表で誰か案内を請う声がした。

仕方なく忠盛が表に出てみると、訪ねてきたのは源為義だった。


〈源為義は私の祖父にあたる〉


為義は二十歳を二つ三つ過ぎたくらいで、年齢は忠盛とほとんど変わらないのだが、若くして源氏の棟梁の座についている。

為義が怪訝そうな顔をした。忠盛が鎧姿で出てきたからで、朧月一味との大捕り物があったと知って為義が自嘲した。

「平氏には京を騒がせた盗賊一味、源氏には下賤の女ひとりを捕らえよとの仰せ……」

為義が率いる源氏の武士たちは、数日前から一人の女を追っているが、いまだ捕らえられずにいた。かつて武家の双璧だった平氏と源氏は、平氏が勢いを増し、源氏は失速しつつあった。両家の差が開くばかりなのは、この一事をもってしても明らかだ。

「院はそれほどまでに源氏の力を見くびっておいでか！」

為義が苛立った。


〈見くびられていたのは源氏一族ではなく、祖父・為義だったのではと私は思う〉


それにしてもと、忠盛は不審に思った。

「女を捕らえよとは珍奇な仰せだ。何事があった」

「事の起こりは帝の女御様よ」

「女御……璋子《たまこ》様？」

鳥羽帝の女御・璋子は早くに実父を亡くし、幼い頃から白河院のもとで養女として育てられた。前の年に入内《じゅだい》し、おなごとして最高位についたというのに、以来、璋子は臥せってしまい、薬師に診せても治らず、僧に祈禱させても快方に向かわない。

白河院はたいそう心配し、もしや璋子に何かがとりついているのではないかと、陰陽師《おんみょうじ》を呼んで祈禱させているという。

陰陽師によると、璋子の病気の原因は、院の御所に出入りし、白河院のお手付きとなって子を宿した白拍子にあるらしい。白拍子が産もうとしている赤子は、白河院や鳥羽帝に禍《わざわい》をもたらす忌むべき子だと言っているのだそうだ。

「璋子様の具合が悪いのもそいつのせいということだ」

「ばかばかしい」

忠盛は真に受けないが、為義は命令に従わなくてはならない。

「院から子を流すよう命じられ、女は逃げた。それでわれら源氏に探索の命が下ったのだ」

為義は何か情報があったら欲しいと協力を求め、また女の探索へと向かった。


どこかで赤子が泣く声がする。為義を見送った忠盛は、まさかと耳を疑いつつ女乞食がいる部屋へと急いだ。

ぐったりとした女が苦しげに身を起こし、生まれ落ちたばかりの赤子のへその緒を腰刀で切っている。女が優しく体を拭いてやると、激しく泣いていた赤子が次第におとなしくなった。

女は苦しそうに肩で息をしながら、言葉に尽くせぬ情感を込めて赤子を見つめている。

忠盛は唐突に起きた出来事が信じられず、呆然と立ち尽くした。

つと女が顔を上げ、忠盛と女の目があった。

「……もしや、その赤子は、院の――」

忠盛が問いかけると、女は表情を一変させ、素早く腰刀を構えて忠盛に突進した。

「よせ……よせ！　無理をいたすな。子を産んだばかりの体で」

忠盛が女を抑え込んだ。女はあきらめたように力を抜き、忠盛の隙を誘ってみぞおちを蹴り上げた。

「気の強い女め……」

忠盛は、逃げようとする女の前に立ちはだかった。出産したばかりの体で、赤子を抱えて京から逃げようとするなど無謀だ。口で言ってわからないなら、太刀で脅して止めるしかない。

すると女は、観念したかに見せて、腰刀を赤子に向けた。

「捕らえられてこの子を殺されるくらいなら、今ここでふたり共に死ぬるわ」

カッとなった忠盛は、女の手から腰刀を払い、頬を張り倒していた。

「母が子を殺そうとするとは何事だ。死んでも子を守るのが母のつとめだろうが！」

厳しく叱責する忠盛に、女は怯まずに言い返した。

「な……何を言うか。武士のくせに。平気で人を殺す生き物のくせに！　その薄汚い太刀でどれほどの命を奪ったのだ」

「武士が太刀を振るうのはつとめだ」

忠盛は動揺を押し隠した。否定しきれない痛いところを衝かれた思いがするが、院の命令に背くことは許されない。

「お前こそなんだ。白拍子上がりではないか。舞いを、歌を、あげくには体を売って、高貴なお人に取り入る。かような下賤な女に罵《ののし》られる筋合いはない」

口論していると、赤子が大声で泣き出した。女はためらうことなく着物の胸をはだけ、忠盛は目のやり場に困って顔をそむけた。

ほどなく泣きわめいていた赤子が静かになった。忠盛がそっと振り返ると、赤子が母の乳をむさぼるように飲んでいる。赤子の無心さに見入った忠盛が、何気なく女に目を移すと、優しい母の顔になっていた。

この夜、忠盛は正盛、忠正、家貞、盛康らに集まってもらい、女と赤子を匿《かくま》っていると明かした。

「それはお手柄ではないか、兄上。院がお探しになっている女を見つけたのであろう？　すぐに差し出せば平氏の手柄となる」

功をたてようと意気盛んな忠正を、忠盛は押しとどめた。

「忠正、早合点をするな。俺はあの女を院に差し出すつもりはない。この家に匿うことを、父上にお許しいただきたい」

「若君。それは院に背き奉るということにござりまするぞ」

家貞が諌《いさ》めた。家貞は家人の筆頭ともいうべき立場にいる。

「存じておる」

事が露呈すれば、忠盛が罪を負うのは免れない。それでも忠盛は、武士であるからこそ、乳を与え、それを飲むという母と赤子のつつましい幸福を守ってやりたいと思う。

「捕らえられれば、赤子の命はない。あの罪なき赤子の――」

忠盛は感情を高ぶらせるが、正盛は冷静にかぶりを振った。

「……こらえよ、忠盛。わしは棟梁としてかようなことを許すわけにはいかぬ」

「ならば親子の縁をお切りくださいませ！　これぱかりは父上の仰せでも従う気はござりませぬ！」

忠盛は決意を示すかのように、すっと立ち上がって部屋を出ていった。

女はなかなか警戒心を解かず、忠盛が用意させた食事に手をつけようとしない。

「……なぜ匿う。私たちを差し出せば、院から恩賞をもらえるのではないのか」

「俺とておのれのつとめに誇りを持ちたい。罪のない赤子を死なせて何が武士の誉れか。さあ、食え。食わねば赤子に飲ませる乳も出なくなるぞ」

女の傍らで、赤子はすやすやと眠っている。忠盛が椀を差し出すと、女はひったくるようにして受け取り、汁をすすった。腹に汁の味がしみ、忘れていた食欲が呼びさまされたのか、女はどんどん食べ物を口に運んだ。

忠盛はひと安心し、部屋を出ようとした。

「……舞子《まいこ》。舞子と、いいます」

不意に女が名を告げ、忠盛は戸惑った。そんな忠盛に人間味を感じたのか、舞子が恥ずかしそうにうつむいた。

「……平忠盛だ」

忠盛は照れたように立ち去った。

白河院御所の庭で、為義は御簾《みす》の向こうにいる白河院に平身低頭して頼み入った。白拍子の行方は杳《よう》としてわからず、もうしばらく時間の猶予が欲しい。

「待てぬ！」

白河院のとげとげしい声が聞こえ、為義は恐ろしさに縮み上がった。

〈白河院は皇位を退いてからも院政と称して自ら政務を執り続け、二十歳で天皇となってから五十年近く治天の君の座についていた。まさにこの国の頂点に君臨していたお方である〉

「そうまでして舞子を見つけ出してどうなさるおつもりです。お腹の子どももともども命を奪うのですか」

祇園女御《ぎおんにょうご》が装いも優雅に現れた。長く白河院の寵愛を受け、権勢を振るっているだけあって、美貌と風格が備わっている。

祇園女御は、ものおじせずに白河院と話ができる数少ない存在だ。

「私も元は白拍子。故郷を同じくする舞子は、妹のようにも思っています」

「女を殺しはせぬ」

「子を殺せば同じことにございましょう。元はといえばご自分の孕《はら》ませた子。よくもその命を奪おうなどとお思いになるものです」

「璋子の命がかかっておるのだ。遊び女に孕ませた子のひとりやふたり……」

白河院は焦燥をにじませた。

璋子は、白河院の掌中の珠として慈しまれて育った。そんな璋子を妃とした鳥羽帝は、なんとか元気づけようと里内裏《さとだいり》の庭に咲く水仙の花を手ずから摘んで差し入れるなど心を配った。

この日、鳥羽帝が璋子の寝所を見舞うと、璋子に仕える堀河局《ほりかわのつぼね》が応対し、「今はお会いしとうない」という璋子の気持ちを伝えた。

「もしや、璋子は院が恋しいのではないか？　七つのときより院にかわいがられ育ってきたのじゃ。いきなり義父と離れ離れとなってさびしがるのも無理はない」

鳥羽帝が慮ると、堀河はひどく驚き、なんと返答すべきか迷って口を濁した。

「されど、かように早々なる里帰りは、いかがなものかと……」

「かまわぬ。院もたいそうご心配あそばしていると聞く。双方、お喜びになることであろう」

〈鳥羽帝のこの気遣いが、のちに彼自身を傷つけ、苦しめ、やがて王家をまっぷたつにする事態を引き起こすこととなる〉


この日も忠盛を筆頭とした平氏は汚れ仕事を済ませ、疲れた体に血の匂いをさせて帰路を歩いていた。以前、朧月一味を斬り捨てた神社に差しかかると、八つほどの男児が社殿のあたりで父親を探し回っている。

「お父！　どこや！　なんで帰ってけえへんねん！」

近くで乞食が、死骸から着物などを物色している。

「ガキ。朧月やったら死んだで。武士に囲まれて、ばっさーっ！　てな」

「嘘や……嘘や。お父！　お父ー！」

男児が悲痛に叫んだ。

忠盛は苦い思いで通り過ぎ、ひとり河原で身を清めた。

（……憶えておくがよい。お前が人を斬るは、俺が盗みを働くと同じことじゃ）

朧月の最期の言葉は何を意味しているのだろう。忠盛は自分の体の匂いを嗅ぎ、何度も何度も水を浴びた。

館に帰ると、舞子が赤子を背負い、桶の水で洗濯をしている。

「世話になりっぱなしは性に合いませぬ。ほら、それも」

舞子は強引に忠盛の着物を脱がせ、そこに付着した血を見て手を止めた。

「……取れぬのだ。洗っても洗っても。体にしみついた血の匂いが。働けば働くほど、俺たち武士はよごれていく。いったいなんのために太刀を振るっているのか……」

いつしか忠盛は、胸にたまったもやもやを吐露していた。

着物を洗っていた舞子が、小さな声で歌を口ずさんだ。

〽遊びをせんとや生まれけむ　戯れせんとや生まれけん　遊ぶ子どもの声聞けば　わが身さへこそ動《ゆる》がるれ
「……なんだその歌は」

「今様にござります」

「流行り歌か。のんきな歌だな。遊ぶため、戯れるために生まれてきたとは……。生きることは子どもの遊びのように楽しいことばかりではない」

「……されど、苦しいことばかりでもありませぬ。子どもが遊ぶときは、時のたつのも忘れて、目の前のことに無心になっておりまする。生きるとは、ほんとはそういうことにござりましょう。うれしいとき、楽しいときも。また、つらいとき、苦しいときさえも。子どもが遊ぶみたいに夢中になって生きたい。そういう歌だと思って、私は歌うておりまする」

「夢中で……、生きる……?」

忠盛は、あたかも自問するかのように繰り返した。

舞子が洗濯した着物を絞り、それを広げて血の匂いを確かめた。

「やはり取れませぬね」

舞子はそう言いつつ、忠盛ににっこりと笑いかけた。

「いつか、わかるのではござりませぬか。夢中で生きていれば。……なんのために太刀を振るっているのか。なにゆえ武士が今の世を生きているのか」

舞子の背中の赤子が、かすかに声をたてた。

「ほら……この子もそう申しております」

舞子は赤子をあやしながら歌った。

〽遊びをせんとや生まれけむ　戯れせんとや生まれけん　遊ぶ子どもの声聞けば　わが身さへこそ動がるれ
舞子の歌は忠盛の心のひだに触れた。やがて、日を追うごとに二人の気持ちは近づき、赤子と一緒に過ごす時間の中で家族のような感情が芽生えていった。

為義は必死に舞子の行方を捜していた。この日、家人の鎌田通清《かまたみちきよ》を伴い、馬を駆って忠盛の館近くを通りかかると、邸内から「〽遊びをせんとや生まれけむ」と、今様を歌う女の声が聞こえてきた。馬を止め、こっそり庭をのぞき見ると、見知らぬ若い女が赤子を抱き、子守唄のように歌っている。

「忠盛め、妻を持ちおったか」

為義がつぶやくと、通清が目を光らせた。

「いや……殿。お探しの女は確か白拍子だったはず」

このとき、忠盛は邸内にある厩《うまや》のそばで馬を洗っていた。作業を終えて舞子の様子を見に行くと、舞子の姿はなく、地面に乱れた蹄の跡が残っている。そばに踏みつけられた鹿の角が落ちていた。忠盛が舞子にお守りとして贈った鹿の角だった。


舞子は白河院御所に連れていかれ、庭に引き据えられた。院の警固をしている北面の武士たちが、舞子の周囲を固めている。

やがて白河院が現れ、赤子を抱いて座っている舞子を見据えた。この赤子こそが禍の元だ。白河院から、そんな表情が読み取れる。

「……産みおったか」

舞子は気丈にも白河院を見つめ返し、赤子を守るようにしっかりと抱きしめた。

緊張の糸が張る中、祇園女御が足早に来た。

「お待ちくださりませ。今しがた使者が参りました。帝の女御様がご快癒あそばしましたと。病の元がその赤子であるというのが陰陽師の言い分であったはず。ご快癒あそばしたのなら、赤子と王家の命運は何のかかわりもないということになりはしませぬか。どうかお許しになってくださりませ。私からもお願い申し上げます」

祇園女御は理を分けて話すと、白河院の前に手をついた。

ちょうどそこに近習《きんじゅう》が来て、忠盛が目通りを願い出ていると知らせた。

しばらくすると、忠盛が庭に通され、命じられるまま舞子と並んで座った。忠盛は質問に正直に答え、舞子が白河院の捜している女だと知ったうえで匿ったことを認めた。

「されどそれは王家のため、法皇様のためを思えばこそにございます。陰陽師の戯言《ざれごと》に惑わされ、法皇様ご自身のお子のお命を奪うなど、王家の威厳にかかわりましょう。それこそが禍の種にござります！」

忠盛は懸命に訴えた。

「――なるほど。ようわかった。確かにわしとて、わが子を手にかけるのは気がすすまぬ。されど困ったのう。このまま何事もなく済まさば、わしは陰陽師にたぶらかされ、大騒ぎをした愚かな院と笑いものになろう」

白河院がすっと前に出て、舞子に冷ややかな視線を送った。

「母親には命をもってあがなってもらう」

舞子がハッとし、一瞬にして色を失くした。

忠盛は、白河院にひれ伏して懇願した。

「それればかりは……なにとぞ。なにとぞ！」

「ならぬ。そちが斬れ。たやすいことじゃ。常々、盗賊を斬っておるのだから」

祇園女御がとりなそうとするが、白河院は聞く耳を持たない。

院の近臣・藤原長実《ながざね》が、命令の執行を忠盛に強要した。

「忠盛。法皇様のご命令じゃ。法皇様に逆らう所存か！　斬らぬと申さば不忠と見なされ、そちが命を奪われようぞ!」

長実の合図に、控えていた北面の武士たちが一斉に弓矢を構えた。

忠盛は決意を固め、改めて手をついた。

「……法皇様にお許しいただきたき儀がございます。……私は……平忠盛は、この女を、舞子を……わが妻としとうございます」

舞子が驚きに目を見開いた。

白河院は、いかにも忠盛を軽んじたように冷笑した。

「なんとなんと――武士の分際でようほざいた」

「……武士ゆえにございます。武士ゆえに。私はこれまで王家に仇《あだ》する者を何人も斬って参りました。洗っても洗っても落ちぬ血の匂いにまみれながら生きて参りました。それは、この舞子と赤子のような者のつつましい暮らしを守るためにございましょう。そのような政《まつりごと》を、院が、帝が、行っていると信じればこそにございましょう。されど……そうでないのなら」

忠盛の胸の奥から熱いものがこみあげてくる。

「体面のために罪なき女を斬り捨てよと本心より仰せなら……私は……たとえ不忠となじられようとも。私は。私は」

こらえきれずに、忠盛の双眸《そうぼう》に涙があふれた。

「忠盛様!」

舞子が呼んだ。忠盛が濡れた目を向けると、目の前に赤子が差し出されている。反射的に忠盛は手を出して赤子を受け取った。

「よい名をつけてくださりませ。この子にふさわしい名を」

舞子はにこっと微笑み、そばにいる武士から太刀を奪うなり、白河院に突進しようとした。

北面の武士が構えた弓がしなり、一斉に矢が放たれて舞子の体を貫いた。

「……あ」

忠盛は息をのみ、赤子を抱いたままよろよろと倒れた舞子に近寄った。

「……舞子。……舞子！」

必死に呼びかけるが、舞子はすでにこと切れている。

「――片づけておけ。血の匂いが残らないように」

白河院は立ち去った。

あとに残った祇園女御は、痛ましそうに舞子を見ている。

「……舞子。舞子。舞子……」

忠盛はなすすべもなく、ただ舞子のなきがらに寄り添っていた。


日が暮れた頃、正盛が白河院御所に行くと、忠盛は御所の表で赤子を抱いて立ち尽くしていた。

「父上……」

途方に暮れる忠盛に、正盛は馬上から懇々と説いた。

「こたびのことは、平氏一門を滅ぼしかねなかった。それをあの女ひとりがすべてを引き受けたのだ。王家に逆らえば必ず大事なものが犠牲になる。武士は王家に仕えておる。そのために太刀を帯びておる。そこには『なぜ』などと疑いをさしはさむ余地はない。心しておけ」

うなだれている忠盛に言い聞かせ、正盛は馬を進めて御所に入っていった。

一陣の風が吹き、忠盛は赤子をかばってしっかりと抱いた。風はぴゅうぴゅうと吹き、歌声のような音を立てて忠盛の周囲を舞った。


〽遊びをせんとや生まれけむ　戯れせんとや生まれけん

「……舞子？」

忠盛の脳裏に、今様を歌っていた舞子の面影が浮かんだ。

(子どもが遊ぶときは、時の経つのも忘れて、目の前のことに無心になっておりまする。生きるとは、ほんとはそういうことにござりましょう。うれしいとき、楽しいときも。また、つらいとき、苦しいときさえも。子どもが遊ぶみたいに夢中になって生きたい)

風の歌が届いたのか、忠盛の腕の中で赤子が小さく声をあげた。

〽遊ぶ子どもの声聞けば　わが身さへこそ動がるれ

風が舞子の歌を運んでくる。

忠盛は赤子に語りかけた。

「……平太《へいた》。お前はこの平忠盛の子だ。平氏の太郎。それゆえ平太だ」

赤子が、ぱっちりとした目を忠盛に向けた。

「平太……平太」

忠盛が呼ぶと、赤子は澄んだ瞳で見つめ返した。

〈平忠盛に引き取られた白河院の落とし胤《だね》。この平太こそが、のちの平清盛である〉

七年の歳月が流れ、天治二（一一二五）年の夏となった。忠盛の父・正盛はすでに亡く、忠盛が平氏の棟梁となっていた。

平太は裸足で熱い砂を蹴り、元気いっぱいに白い砂浜を走りながら振り返った。

「父上！　早く早く！　盛康も家貞も！　早く！」

平太のあとを、忠盛、家貞、平太の守役・平盛康が追いかけていく。

海に向かって一直線に走る平太は、まだ自分の出生に疑いのかけらも持っていなかった。

浜に一艘の漁船が係留されている。忠盛が懇意にしている漁師・滝次《たきじ》の船で、息子の鱸丸《すずきまる》も一緒だ。忠盛と平太が乗り込むと、滝次はすぐに船を海上へと漕ぎ出した。

平太はいかにも楽しそうで、不用意に船上で立ち上がり、波の揺れに足をとられて転んだ。

「なんだ、情けないなあ」

鱸丸は子どもらしい率直さでけなし、すぐさま滝次から大目玉をくらった。

「こりゃ鱸丸！　若様になんちゅう口のききようじゃ」

「かまわぬ、かまわぬ。ほら、平太、しっかり立て」

忠盛に活を入れられ、平太は立ち上がって踏ん張ろうとするが、船が揺れるとすぐに転んでしまう。

ところが、鱸丸は舳先に悠々と立っている。

「平太。なにゆえ鱸丸は転ばぬと思う？」

忠盛に聞かれ、平太は五歳ほど年長の鱸丸をちらりと見て、負け惜しみのように答えた。

「鱸丸は私より大きゅうござります！」

「では鱸丸の背丈になれば平太も転ばぬか？」

「はい！」

「それはちがう。鱸丸は幼い頃より日々、この船に乗り、滝次の仕事を手伝ってきたのだ。繰り返し繰り返し船に乗って、揺るがぬ足腰を鍛え上げた。つまり、体の軸ができたのだ」

「軸……？」

平太は不思議そうに聞き返した。

「お前も鍛錬を繰り返すことで体の軸ができる」

「さすれば私も立てまするか？」

忠盛が頷いた。

「しかしそれだけでは、いつかまた転ぶ。船に乗り、魚を獲ることは、漁師に生まれた鱸丸にとっては生きることだ。それは、鱸丸の心の軸だ」

「心の？」

「それがあればこそ、鱸丸は嵐に揺れる船にでもしっかりと立つことができよう。おのれにとって生きるとはいかなることか。それを見つけたとき、心の軸ができる。心の軸が体を支え、体の軸が心を支えるのだ」

平太には少し難しいかと、忠盛が苦笑した。それでも平太なりに理解しようとした矢先、平太がまた転んだ。船が岩にぶつかって大きく揺れたのだ。

ここは西国の海で、場所によって海岸線が複雑に入りくんでいる。

「あっ」

鱸丸が鋭い声を発した。

岩陰から出てきた一艘の船が、積み荷を運んでいる大船に向かって近づいていく。

「海賊じゃ！」

浜で見ていた盛康が叫び、家貞とともに停泊中の船に飛び乗って海賊船を追った。

この頃、船を襲う海賊が増え、積み荷が奪われる事件が頻繁に起こっていた。平太たちが遭遇したのもその手の海賊だ。見た目も荒々しい男たちが武器を手に水手《かこ》たちを脅し、積み荷をあさって歓声をあげた。

「おお、こりゃ、宋の国からきた荷じゃねえか」

「とんでもねえお宝だ」

こじ開けた積み荷から、宋の国の珍しい装飾品や焼き物などが出てきたのだ。

しかし、海賊たちが喜んだのもつかの間だった。一人は首根っこをつかまれて海に落とされ、もう一人の海賊の眼前に太刀が突きつけられた。

忠盛だ。大船に乗り移った忠盛が、海賊たちを次々になぎ倒していく。

海上からは、家貞と盛康が船から矢を射かけて忠盛を援護した。

「殿！」

家貞が危険を知らせた。

一人の海賊が積み荷から宋剣を引き抜き、背後から忠盛に襲いかかった。あわやという際で、忠盛は身をかわして宋剣を奪いとり、海賊を海に蹴落とした。

縦横無尽な忠盛の活躍を、平太は驚きと羨望の眼差しで見ている。

忠盛たちが海賊を制圧すると、水手たちが出てきて忠盛に頭を下げた。みな宋の人たちだ。宋剣を返そうとする忠盛に、「どうぞお持ちください」という仕草をして感謝の気持ちを表した。

忠盛が海賊退治を祝して、宋剣を高々と掲げた。

平太のまぶたに、忠盛の勇姿がくっきりと焼きついた。

日が暮れると、滝次と鱸丸は浜で焚火をして魚を焼いた。

焚火の炎に照らされ、忠盛が黙々と宋剣を振るのを、平太は尊敬に満ちた目で見ている。

「父上は……強うございまするな。私もなりとうございまする……父上のような立派な武士に」

「……さようか。ではその気持ちを心の軸にせよ。その軸を支えられるよう体の軸を鍛えよ」

「はい！」

平太が力強く答えた。

父子のやりとりを、家貞、盛康、滝次、鱸丸は頼もしげに見守っていた。

数日後、忠盛とともに六波羅の館に帰った平太は、待ちかねたように飛びついてきた飼い犬の岬丸《みさきまる》とじゃれ合った。

忠盛と平太を出迎えたのは、忠盛の正妻で平太にとっては継母の宗子《むねこ》と、忠盛と宗子の間に生まれた異母弟の平次《へいじ》だ。家族は忠盛を中心に和気あいあいとしていて仲睦まじい。

舞子が遺した平太を抱え、忠盛と宗子が夫婦になるには大きな決断が必要だった。忠盛の近くに仕える家貞は、それを乗り越えてきたふたりの葛藤を知っている。

「北の方様は、まことようできたお方にござりますな。血のつながらぬ平太様と、わが子の平次様を分け隔てなくかわいがられて」

家貞がそっと感嘆の声を漏らした。


そしてもう一人、平太が母のように慕っているのが祇園女御だ。

「平太。ひさかたぶりじゃのう」

「はい！　祇園女御様にお会いできてうれしゅうござります！」

平太は忠盛に連れられて祇園女御の館に出向き、京に戻った挨拶をした。家貞、盛康も一緒だ。

〈祇園女御はその後も忠盛に目をかけ、幼き清盛にとってはもうひとりの育ての母のごとき人であったという〉


「大きゅうなったものじゃ」

祇園女御はしみじみと平太を見つめ、何を思ったか侍女に双六盤《すごろくばん》を持ってこさせた。

「どうじゃ平太。今日は私と双六でもしてみぬか？　勝てば唐果物《からくだもの》をあげましょう」

「ではきっと勝ちまする！」

「言うておくが私は強いぞ」

「平忠盛の子が負けるわけにはまいりませぬ！」

武士の子の意地か、食い意地か、いずれにせよ平太は勝負を受けて立った。

双六は賽《さい》を二つ入れた壺を振り、二つの目を合わせた数だけ盤上で駒を進めることができる。

勝負は祇園女御がやや優勢に駒を進め、あと一目で上がりという展開になった。平太が勝つには、次に振る壺で、二つの賽で六の目を出さなくてはならない。

「いずれも六……」

平太はらんらんと目を輝かせ、小さな手に賽を握りしめた。壺に賽を入れて振った。壺から転がり落ちた二つの賽は独楽《こま》のように回り、一つは六を出して止まった。そしてもう一つも、六だ。

「やった!!」

平太は無邪気に喜び、満面の笑みを浮かべた。

祇園女御がふっと笑った。

「そなたの勝ちじゃ。ほれ。唐果物じゃ」

「ありがとうございまする！」

平太は唐果物を受け取ると、大喜びで庭に飛び出した。

「――やはりであったか。舞子も双六が強かった。おかしなところが似るものじゃのう」

祇園女御は感慨深そうに言った。

忠盛は複雑な思いをよぎらせ、庭で唐果物を頰張っている平太を目で追った。

「――のう忠盛。そなたは、法皇様を憎うは思わぬのか」

祇園女御に聞かれ、忠盛の胸が波立った。

「……めっそうもないことにござります。王家を守ることが武士の本分。私は平氏の棟梁として法皇様にひたすらに尽くす所存にござります」

「……平太にもかように教えるのか。実の父でありながら、母の命を奪い、おのれの命をも狙っていた法皇様を、心より敬い、お守りせよと」

「平太の父はこの忠盛にござります。平太にほかに父はおりませぬ」

忠盛から一時の動揺が消え、毅然としている。

「まあよい」

祇園女御が表情を緩めた。

〈祇園女御はすでに気がついていたのであろう。白河院が撒き散らした禍の種が、やがてあちこちに芽を出し、この世の景色を一変させてしまうことに〉

禍の種のひとつは、二年ほど前の保安四（一一二三）年にすでに芽吹いていた。

「譲位せよ……と仰せられまするか。されど顕仁《あきひと》はまだ五つになったばかりで」

鳥羽帝は御簾の中から訝しげに聞き返した。内裏の謁見の間に、白河院が来ている。

白河院がわざわざ内裏に足を運んでまで、早く皇位につけようとしている顕仁は、鳥羽帝の一の宮で璋子が産んだ皇子だ。

白河院は泰然として、御簾の向こうに言葉を返した。

「帝が即位したのも五つのときにござりましょう」

鳥羽帝が幼くして即位したのは、父・堀河帝が早世したという事情があった。

ちょうどそこに、璋子に連れられた顕仁が、手習いの書を父親に見てほしいと持ってきた。

「苦しゅうない。父に書を見せるがよい」

鳥羽帝が御簾の中から声をかけると、顕仁はまっすぐに白河院のもとへ歩み寄った。

「まあ、顕仁」

璋子がたしなめたが、白河院はまったく意に介さず、「顕仁」と書かれた書に手を伸ばした。

「どれ、見せてみよ。おう、おのが名を書けるようになったのか」

白河院が相好《そうごう》を崩した。褒められた顕仁は誇らしげで、二人は本当の親子のように親密だ。

鳥羽帝は気難しい表情になり、白河院、顕仁、璋子を交互に見やった。

白河院が一段と顔をほころばせた。

「そうじゃ、よい報せじゃ。顕仁の即位が決まったぞ」

「……その儀にござりまするが」

鳥羽帝が言いかけると、白河院がさっと遮った。

「帝よ。ここは、わしの世じゃ」

白河院は、御簾の向こうを見ようともせずに言い放った。

この年の六月。顕仁親王は即位して崇徳帝となり、譲位した鳥羽帝は上皇となった。

夜、寝所に入った璋子は、わが子が帝の位についた喜びを白河院とともに分かち合った。

「……義父《ちち》の君様」

「璋子。わしのかわいい娘よ」

璋子と白河院はささやき合い、璋子は恍惚として白河院に身をまかせた。

あれから幾度も、鳥羽院は眠れない夜を過ごした。璋子の寝所を訪れるものの影に苦悩し、御所の庭に咲く花を手折った。葉や刺で手や顔に傷がつくのも構わず、ひたすら花の命を奪うのが目的のように折ってはちぎり続けた。

耐えがたい屈辱が、鳥羽院の心を苛んでいた。


祇園女御との双六に勝ち、唐果物を美味しくいただいたあとも、平太はこれまでどおりのびのびと日々を過ごしていた。

「平次！　岬丸と遊ぼう！」

平太は弟と一緒に庭に降り、「あれ？」と首を傾げた。岬丸はどこへ行ったのか見当たらず、食事の器だけが置いてある。

平太と平次は館のあちこちを捜し、木にのぼって遠くまで見てみたが岬丸はいない。平太は先に木をおり、あとからおりてくる平次に注意した。

「平次、気をつけてゆっくりおりよ」

「はい」

返事をした直後、平次が足を滑らせた。

台所で食事の支度をしていた宗子は、火のついたような平次の泣き声に慌てて庭へと飛び出した。平次が泣きわめいていて、平太が心配そうに付き添っている。

宗子は平次を抱きかかえ、けがをしてはいないかと破れた着物の胸のあたりを調べた。

「血が出ておるではないか！」

「落ちるときに枝で……」

平太は釈明しかけ、振り返った宗子の顔を見て息をのんだ。優しい母が、鬼のような形相をしている。

「平次になにをしたのじゃ！　平次になにかあってみよ。お前を許さぬ！」

宗子が平太の頰に平手打ちした。

騒動を聞きつけて、家貞が駆けてきた。

「北の方様」

宗子ははっと我に返り、顔からすっと〝鬼〟が消えた。

「平太。すまぬ」

宗子は無理やり笑顔を作ると、平次の傷の手当てをするために館に入っていった。


平太は一人寂しく六波羅の町に出た。町には市が立ち、都の人たちでにぎわっている。行き交う人たちの間を、平太がとぼとぼと歩いていると、向こうから走ってきた少年とぶつかった。平太より年長の十代半ばくらいだろう。

少年は近くの荷台に飛び乗り、むしろをかぶって隠れる間際、平太に向けて「しーっ」と口元に人差し指を当てた。

そのすぐあとで、少年が来た方角から、殺気立った商人が数人走ってきた。

「おい！　薄ぎたねえガキはどっちへ逃げた！」

乱暴な物言いで聞かれ、平太はとっさに適当な方向を指さした。

「ちくしょう！　すばしっこい奴だ！」

商人たちは毒づきながら走り去った。

「おおきに、おおきに。これは礼や」

少年が荷台から出てきて、懐に隠し持っていた果物などを平太に差し出した。ちらりと見えた懐にはまだいろいろなものが入っていて、どうやら盗んだ品々らしい。

平太は、少年の腕をしっかりとつかんだ。

「来い、盗人め。父上に代わって捕らえてやる」

「な、なんやお前」

「平忠盛が子、平太じゃ」

そのとたん、少年が邪険に平太の手を払いのけた。

「平忠盛はお父の仇や」

「え……？」

「俺のお父は朧月いう盗賊で、忠盛に斬り殺されたんや。お父は貧しいもんのために盗みを働いとったいうのに、王家の犬が！」

「……王家の犬？」

「帝さんやら法皇さんに取り入るためやったら、人殺しでもなんでもしよんねん」

「父上はそんなお人ではない！」

「だいたいお前かてそうやないか。王家に取り入るために、忠盛が法皇さんからもらい受けた子なんやろ？」

平太は根も葉もない言いがかりだと思いつつ、正義感で突っ張った勢いが急速に失せた。

「……いいかげんなことを申すな」

「盗賊の子を見くびんなよ。狙いをつけたもんのことはどんな手を使《つこ》ても調べあげんねや。まちがいないねん」

「……嘘じゃ」

平太は強い衝撃を受け、どこをどう走ったかわからないまま館に駆け戻った。

これがのちに深いかかわりを持つ兎丸《うさぎまる》との出会いだった。


空はにわかに雲行きが怪しくなり、今にも泣き出しそうだ。

忠盛は予定を切り上げて館に戻り、馬を厩に入れていた。

「殿。お戻りにござりましたか」

家貞が来て、何か言いたげな顔で口ごもった。

「どうした。なにかあったのか」

忠盛が話を促したとき、平太が不安に表情をゆがませてきた。

「父上！　私はまこと、平氏の子にござりますか？　それとも、私は……法皇様からもらい受けた子なのでござりますか？」

「誰がそのような世迷い言を申した！　お前はこの忠盛の子に決まっておる！　二度とかような

戯言に惑わされるでない」

「はい。申し訳ござりませぬ――」

忠盛に叱られ、平太はほっとした。だが、気持ちが立ち直る前に、宗子が平次を連れてやってきた。

「さっきはすまなんだ。平次の傷の手当ても済みました。もう心配ありませぬよ」

宗子はいつもの笑顔を取り戻している。

だが、平太は凍りついて動けなくなった。こんな優しい宗子が、平次がけがをしたと知って鬼のような形相で平太を責めた。そのあとの無理やり作った不自然な笑顔は、何か平太の出生に秘密があるからなのではないだろうか。

平太は血の気が引いていくのを自分でも感じ、泣きそうな目を忠盛に向けると、この場にいるのが耐えきれなくなり逃げるように駆け去った。


雨は夕方からポツリポツリと降り始め、本降りになりそうな空模様だ。

祇園女御が庭に降り注ぐ雨を眺めていると、平太が息を切らして飛び込んできた。

「祇園女御様！」

「平太……いかがしたのじゃ。ひとりで参ったのか」

「教えてくださりませ……私は誰の子にござりまするか。父上が出世のために法皇様からもらい受けた子なのでござりまするか？　まことのことを教えてくださりませ。祇園女御様！」

平太が真摯なだけに、祇園女御はどう返答すべきか苦慮した。

祇園女御の困惑をさらに大きくするかのように、侍女が白河院の到着を知らせた。脱兎のごとく外に飛び出した平太を止める暇はなかった。

白河院が牛車から降り、雨空を見上げたとき、平太が表に飛び出た勢いのまま濡れた地面に手をついた。

「法皇様！」

北面の武士たちが、すぐに平太を取り囲んで誰何《すいか》した。

「何奴じゃ！」

「平忠盛が子、平太にござります。法皇様にお尋ねしたき儀が……」

白河院は蔑んだ目で平太を見下ろした。

「犬の子が入り込んでおるぞ。けがらわしい。つまみ出せ」

揉めているさなかに祇園女御が来て、平太が北面の武士たちに引きずられていくのを追いかけようとした。

「犬が泥を撥《は》ねおった。早う着替えを出せ」

白河院は祇園女御を呼び止め、着物の汚れをいまわしそうに示した。


平太はどこへ行ったのか。雨脚が激しくなるにつれ、忠盛の胸に暗い影が差した。

「だからあのとき引き取るなと申したのだ。俺も父上も」

背後から話しかけられ、忠盛が振り返ると、いつの間にか忠正が部屋に来ていた。もともと忠正は、舞子を匿うことからして反対だった。

「禍をもたらすと言われ、母親を殺され、挙句、いらぬから持っていけと捨てられた子だぞ？　いっそ見つからぬほうがあいつのためだと俺は思うがね」

言うだけ言って立ち去る忠正に、忠盛は何も言い返すことができなかった。

そばに控える盛康が、無念そうに詫《わ》びた。

「申し訳ござりませぬ。平太様の乳父《めのと》を仰せつかった際、この盛康がきっと隠し通すとお約束しましたものを」

もとより忠盛に、盛康を責める気はない。

家貞は、この日が来ることは避けられないと覚悟していた。

「……いつか知れることだったのでござりましょう。知ったうえで、平氏の男子として生きてゆかねばならない。それが平太様の背負ったさだめなのでございます」

「……なんとむごいさだめを。俺が背負わせたのか……」

忠盛の苦悩は深い。

「……心配はご無用にござりまする。平太様は……忠盛様の子ですゆえ」

家貞の励ましが、忠盛の胸に響いた。

祇園女御の館では、白河院と祇園女御が双六を打っていた。

祇園女御が賽を手にした。

「双六はおもしろき遊びにござりまするな。賽の目の出方ひとつで駒の動きが変わる。後れをとっていた者もよき目を出せば勝ち上がることができまする」

「……なにが申したい」

白河院の問いに、祇園女御は薄く笑って応えた。

どしゃぶりの雨の中、外に放り出された平太は、行くあてもなく賀茂川の近くをさまよった。夜が更けるに従い川は水かさを増し、次第に氾濫して町を水に浸していった。

平太はびしょ濡れのまま、ふらふらと歩き続けた。とうとう力尽きて座り込んだとき、疲労困憊した目が獣の毛のようなものをとらえた。よくよく目を凝らし、恐る恐る触れてみた。

「……みさき……まる?」

かわいがっていた飼い犬の岬丸が、首にほかの犬にかまれた無残な傷を残して息絶えている。

「なにゆえじゃ、岬丸！　なにゆえお前が……岬丸！　……岬丸……」

平太は岬丸を抱き、声をあげて泣いた。

「犬同士で争い、負けたのであろう。弱いゆえ負けたのじゃ」

不意に言葉をかけられ、平太が顔を上げると、忠盛が立っている。

「父上……」

忠盛は自らを奮い立たせ、平太ならこの苦しみを乗り越えると信じて打ち明けた。

「お前と血を分けた父は法皇様だ。だがお前は、平氏の子だ。平氏の子としてこの忠盛が育てたのだ」

「……なにゆえでござりまするか。法皇様や王家に取り入るためでござりまするか?　父上は、まこと……王家の犬なのでござりまするか……?」

平太はこれまで感じたことのない、忠盛への怒りと侮蔑をあらわにした。

忠盛もまた、平太の怒気を跳ね返す強さで言い諭《さと》した。

「よいか平太。今のお前は平氏に飼われている犬だ。俺のもとにおらねば生きてはいけぬ、弱い犬だ。死にたくなければ――強くなれ」

どすん！　忠盛が宋剣を平太の前に突き立てた。そのまま、踵《きびす》を返して立ち去っていく。

平太は圧倒されながら忠盛の背を見送った。父として慕い、武士として敬ってきた忠盛のうしろ姿だ。平太は涙をぬぐい、そっと岬丸を横たえると、立ち上がって宋剣に手をかけた。

宋剣は地面にしっかりと突き立てられ、なかなか抜けそうにない。平太は青息吐息でようやく抜き取るが、宋剣の重さに負けて倒れてしまった。

今度は重くて持ち上げられない。平太は両腕に力をこめ、徐々に先端を持ち上げていく。あっと平太がよろめくと、宋剣の先端が地面に突き刺さった。

だが平太はあきらめない。宋剣を持ち上げようと何度も挑戦し続けた。

〈王家の犬と蔑まれた武士。その武士が国の頂点をめぐる争いの先頭に立つ――そんな日が来るなど、この頃にはまだ誰にも思いもよらなかっただろう。しかしすでに清盛の戦いは始まっていた。清盛の最初の戦いは、ふたりの巨大な父との戦いだった〉

いつしか雨がやみ、東の空が朝焼けに染まった。きらめく陽光を浴び、平太は渾身の力を振り絞って宋剣を持ち上げた。

第二章　無頼の高平太

文治元（一一八五）年三月。頼朝は鎌倉の勝長寿院にいて、家人の知らせに、一瞬、顔を曇らせた。

「草薙剣《くさなぎのつるぎ》が……見つからぬじゃと？」

〈文治元年。わが源氏は壇ノ浦の海にて平家を滅ぼした。その際に、平家はこの国の帝に代々受け継がれてきた三種の神器を抱えて海に飛び込んだのだという〉

家人が報告を続けた。

「八咫《やた》の鏡と八尺瓊勾玉《やさかにのまがたま》はお救い参らせましたが、草薙剣だけが未だ……」

「なにをしておるのじゃ。早うお探しせねば……」

政子が叱りつけるのを、頼朝が抑えてゆったりと応じた。

「かまわぬ。見つからぬのも無理からぬことじゃ」

頼朝はどこか遠くを見つめ、うっすらと微笑んだ。

〈剣の行方がわからぬと聞いて、清盛だと思った。今も清盛がどこかで生きていて、剣を振り回しているのだと。なにしろ平清盛は、誰よりもたくましく乱世を生き抜いたまことの武士だったのだから〉

＊　＊　＊

平太が自分の出自を知ってから三年が過ぎた、大治三（一一二八）年秋。

京の怪しげな通りを、片手に軽々と宋剣を下げ、派手な着物に高下駄を履いた男がぶらぶらと歩いている。歩き方からして、世間に背中を向けた生き方が垣間見える。

高下駄を履いた男は、ためらいもせずに薄暗い小屋に入っていった。中で賭場が開かれている。ガラの悪いごろつきたちが、双六盤を囲んでさいころ博打《ばくち》に興じていた。

高下駄の男はごろつきたちを相手に賽を振り、巧みに六の目を出した。

「俺の勝ちだ。これはもらっていくぞ」

勝利品の絹に手を伸ばした男は、粗野を装っても面差しに少年の名残をとどめている。

絹を抱えて出ていこうとした男の前に、腕っ節の強そうなごろつきが立ちはだかった。

「待て。一人勝ちは許さん」

強そうなごろつきが男につかみかかろうとして、大きな体に派手な着物と高下駄という身なりに動きを止めた。手にした宋剣といい、噂に聞く男に違いない。

別のごろつきも気がついた。

「あ！　こいつ――高平太――無頼の高平太だ！」

「お前か。珍妙なかっこして京をうろついてる平氏の御曹司ってのは」

高下駄を履いた平氏の嫡男（平太）。それが高平太と呼ばれる所以らしい。

強そうなごろつきが突っかかるのを、平太は無言で見据えている。

「薄気味悪いんだよ！」

強そうなごろつきが太刀を抜いて平太に斬りかかった。平太は難なく太刀を払いのけて強そうなごろつきを蹴り飛ばし、ごろつき仲間たちが次々に斬りかかっていくと、博打台の上に飛び乗って応戦した。

激しい動きに、博打台が平太の体重を支えきれずに傾いた。だが、平太は体の軸がぶれない。バランスを保って軽々と別の場所に飛び移り、圧倒的な強さでごろつきたちを倒していく。

小屋の外に飛び出した平太を、ごろつきたちが束になって追いかけていく。平太は右へ左へと軽妙な動きで通りを走り抜けた。平太を避けそこねた荷台が横転し、積み荷がなだれ落ちると、ごろつきたちは足を取られて転倒した。

平太は人気のない道へと逃げていく。平太を追って来たごろつきたちは、次の瞬間、ずぼぉっと落とし穴にはまって身動きが取れなくなった。

「はははは！　ばーか！」

ごろつきたちの頭上から、高笑いが聞こえてきた。平太が木の枝に腰かけ、腹を抱えて笑っている。平太の背後に、まぶしいほどの青空が広がっていた。


こうした平太の行状に、平氏の一族は少なからず頭を悩ませていた。

ある夜、忠盛の館に、忠正、家貞、盛康が集まった。平太のことで、相談すべき大切な用件があってのことだった。

忠正から手厳しい意見が出た。

「あやつのどこが平氏の嫡男にふさわしいと申すのだ」

折しも、帰宅した平太が黒毛の愛馬・夜霧《よぎり》から降りたところだ。忠正の声は、庭にいる平太にも届いてくる。

「平太には平氏の血は流れておらぬのだぞ。あのような者をあてにせずとも、兄上には平次という、れっきとした正妻の子がおるのだから――」

廊下を、宗子と平次が歩いてくる。庭に面した部屋の前にさしかかると、忠正の話し声が筒抜けに聞こえてきた。同時に、平太がいることに気がついて、宗子の足が止まった。

平太もこの場にいたのを宗子に見られて動けなくなり、双方の間に気まずい空気が流れた。

「――兄上！」

平次が呼びかけ、気まずくなった空気に風を通した。ともすればこじれそうな状況だが、平次は屈託のない笑顔をしている。

部屋にいた忠盛たちが、はっとして庭に顔を向けた。平太が独特の奇抜な身なりをして、夜霧の手綱をつかんで突っ立っている。

忠盛が腰を上げ、部屋から庭のほうに出た。

「お前の元服が決まった。年が明けたらすぐに行う」

「おめでとうござりまする」

家貞が祝いの言葉を口にした。

守役の盛康としては、平太には、元服をきっかけに無頼な振る舞いを自重してもらいたい。

「やがて位を授かれば貴族の仲間入りにござりまする。舞も歌も香の道も、殿のように、しかと身につけねばなりませぬぞ」

朝廷における官位は、三位以上が公卿、五位以上を授けられると貴族と認められた。忠盛は京の治安維持に貢献した功労により、従四位下に叙されていた。武士でありながら貴族だ。

「兄上、おめでとうござりまする。私もあとに続きますゆえ、共に舞の稽古に励みましょう」

平次が扇を差し出した。

平太には平次が優等生ぶっているように感じられ、その笑顔にさえ苛立ちを覚える。

「舞などせぬ！」

平太が扇をはねのけ、平次の顔に当たってしまった。

宗子がはっとして平次を見て、そのあとすぐに平太の顔色をうかがった。腫れ物に触るような宗子の素振りが、平太の神経を逆なでした。

「どうしました。母上……俺を叩かぬのですか。平次になにをすると！　平次になにかあれば許さぬと言って！　俺を叩かぬのですか！」

平太が詰め寄ると、宗子は身を縮めた。

「なんじゃ、その口のききようは！」

忠正が平太を叱り飛ばした。

「平太を責めないでくださりませ」

宗子がかばって、忠正に頭を下げた。

平太はかえって所在なくなり、苛立ちで爆発しそうだ。

たまりかねて、家貞が仲裁に入った。

「平太様。元服なさるのでござりますから、平氏の男子としてふさわしい振る舞いを身につけてくださりませ」

「……俺は父上のようにはならぬ！　貴族にも、王家の犬にも。平氏の犬にもなる気はない。いっそたくましい野良犬となって生きていく！」

平太の反発を、忠盛は真正面から受け止めた。

「好きにせよ。お前と次に会うは博打場か？　それとも盗賊の隠れ家か。言うておくがわしは容赦はせぬぞ」

忠盛が少し威圧しただけで、平太はまったく歯が立たない。

「……くそっ！」

平太が夜霧に飛び乗った。

「平太……！」

宗子が止めようとするが、平太は何処ともなく走り去った。

「ほうっておけ。あやつが自ら這い上がってくるほかないのだ」

その日が早く来ることを、忠盛が誰よりも待ち望んでいた。


平太は闇雲に夜霧を走らせ、突然、強引に手綱を引いた。すぐ先に、ごろつきをはめた落とし穴があるのを思い出したのだ。夜霧が急に脚を止めた反動で、平太は馬から転がり落ちた。だが平太の痛みは、落馬したことより、平太の心を蝕むわだかまりのほうが大きい。

平太は地面に倒れたまま空を見上げた。月が煙のようなもので覆われていて、平太の気持ちを一層もやもやさせる。

「くそーっ。くそーっ、くそーっ……誰なんだ……俺は……俺は……俺は……誰なんだ……」

「誰でもよいゆえ——助けてくれ」

どこからか声がしたが、あたりを見回しても人っ子一人いない。恐る恐る落とし穴をのぞき込んでみると、学者風の男が穴の底で平太を見上げている。

「おお。よう通りかかってくれた。ささ、早う出してくれ」

「……ああ。はい」

平太は手を差し入れ、男の腕をつかんで引っ張った。

学者風の男は平太が自問したのを穴の中で聞き、這い上がりながら平太の悩みに答えた。

「おのれが誰なのかわからぬが道理じゃ。人は誰も生きるうちにおのれが誰なのか見つける。見たところ元服前のそなたにわかる道理がない」

無事に穴の外に出た学者風の男が落とし穴を指した。

「この穴は今の世を表しておる」

「いや、これは俺が掘った落とし穴で――」

「この地へ都を遷してより三百余年、平らか且つ安らかなる世が続くかと思いきや、いつの間にやら世はかように穴ぼこだらけ、隙だらけになってしまっておる。さらに」

学者風の男が、今度は、ぴたりと空を指した。

「見よ。あの月を覆う煙を。輝く月をどす黒く染める煙。あれもまた、闇の続く今の世を表していると言えよう」

平太は夜空を眺め、学者風の男が言わんとする意味を考えた。

「私にはあの煙が、あがいておるように見えまする。おのれのどす黒さに悶え苦しみ、月の光に染まりたいと、必死でのぼっている。そんな姿に見えまする」

学者風の男は意外そうに平太の言葉を聞き、「ははははは」と遠慮なく笑った。

「あれが何の煙か存じてさように申すか。かすかなる磯の香り。火元の方角。御所で漁網が焼かれておるのであろう。白河の院による殺生禁断令じゃ」

白河院は深く仏教に帰依し、その教えに従って殺生禁断令を出していた。

平太は割り切れなさを感じた。血を分けた実の父を知りたくて、雨の中、地面に伏した平太を、白河院は汚らわしそうに見下ろして北面の武士に引っ立てさせた。

（犬の子が入り込んでおるぞ）

あのときの白河院は、平太の心を殺すに十分なほど冷徹な目をしていた。

学者風の男が、煙にかすむ月を見上げた。

「まこと白河の院は、泰平の世が生んだ怪物よ。現《うつつ》に生けるもののけ、とでも申すもの」

「もののけ……」

「さよう。あれはもののけの出しておる煙。美しき月をけがして喜ぶことこそあれ、おのがどす黒さに悶え苦しみ月に染まりたいなどと殊勝なことを思うものか」

学者風の男は鼻で笑い、平太が腰に差している宋剣に目を留めて興味深く見た。

白河院が出した殺生禁断令は、鳥や犬を飼うことのみならず狩りや漁も禁じるものだった。命令を徹底させるため、漁網を京に送らせて白河院御所の門前で焼却させたという。

白河院は数々の横暴な政を行ったが、この殺生禁断令はとりわけ苛酷で奇怪なもので、狩りや漁を生業とする者たちの生活を困窮させた。

公卿や貴族では、長期にわたる院政で割を食ったのが藤原忠実だった。摂関家の長として野心を見せたのが白河院の逆鱗に触れ、関白の職を奪われただけでなく、宇治の屋敷に蟄居させられてしまった。忠実の政治生命は、風前のともしびとなりつつあった。

権力の推移は、貴族たちに取り入っている武士にも影響を及ぼした。

源為義は宇治まで忠実を訪ね、再起をはかるようにと励ました。

「しっかりなさりませ。このまま白河院の思うままの世が続けば、摂関家も源氏も終わりにござりまするぞ」

平氏に対抗するためには、忠実に復権してもらわなくてはならない。

〈わが祖父・為義が率いる源氏が頼れるものは、藤原摂関家しかなかった〉

為義が力づけても、忠実は気持ちが奮い立たずに縁側で背中を丸めている。

為義は失望した。かつて栄華を極めた藤原摂関家の世を取り戻すことは、白河院が健在でいるかぎりあきらめるしかなかった。


鳥羽院は璋子の寝所に足を運んだ。部屋で鳥羽院を迎えたのは、璋子に仕える堀河局だ。思慮深く、鋭い感性を持つ堀河局に、鳥羽院は自虐的な気持ちで本音をさらした。

「堀河。そちは……朕《ちん》を愚かな男と思うておるであろう。白河の院に妻を寝取られ……早々に帝の座を退かされ、政に口も出せず……しかも新しい帝の父は……表向きは朕であるが、まことは白河の院の……」

「上皇様」

「憎い……白河の院が。帝が。……璋子が。憎い……」

鳥羽院は自尊心と屈辱感という、二つの感情が絡み合ってもだえ苦しんだ。

「上皇様。お渡り、うれしゅうござりまする」

夜着に着替えた璋子が寝所に入ってくると、鳥羽院は表情を一変させて優しく微笑みかけた。

璋子の美しさは、生命の温かみを感じられない人形のようだ。

鳥羽院が水仙の花を差し出した。

「まあ、きれい」

璋子が微笑した。その笑みすら無機的で、感情の動きが見えてこない。

それでも鳥羽院は、一心に璋子を愛した。

これほどの辱《はずかし》めはないが、どれほど傷ついても、鳥羽院は行動を起こそうとせず、忍耐の日々を過ごした。白河院という類いまれなる為政者の存在は、それほどまでに絶大だった。


京を離れて西国に行った平太は、瀬戸の潮風に心が洗われる思いだ。鱸丸が漕ぎ出した船の上に立つと、平太は気持ちよさそうにはるか大海原を見わたした。

「やはり海はいいのう！　ここに来るといつも気持ちが晴れ晴れとする」

「そう言っていただけるとうれしゅうございます」

鱸丸は櫓を漕ぎながら、平太をしみじみと見た。

「すっかりできたようでございますね。体の軸とやらが」

以前、平太は船が揺れるたびに転び、忠盛から戒められた。

（お前も鍛錬を繰り返すことで体の軸ができる。おのれにとって生きるとはいかなることか。それを見つけたとき、心の軸ができる。心の軸が体を支え、体の軸が心を支えるのだ）

平太はまだ生きる意味を見出せず、心の軸ができていない。それが証拠に――。

「……あっ！」

褒められたそばから、足元がぐらついて転んでしまった。

「お前がいらぬことを申すからだぞ。鱸丸！」

自分の未熟を棚に上げて文句を言い、平太は仰向けに船に寝転んだ。

「ああ～。俺も漁師に生まれればよかった。魚を獲って、食って、生きていければどんなにか……」

言いかけた途中で、平太はぱっと身を起こして鱸丸を見た。

「……もしやここまで、お触れが及んでおるのか？」

滝次と鱸丸の家に行ってみると、見るからに貧しそうなあばら家の寒々とした部屋に、滝次が病で衰弱した体を横たえていた。

「漁を禁じられ網を焼かれ……どう暮らしておるのだ」

「草鞋《わらじ》を編んだり菜を摘みに行ったり……」

滝次は話をするのも一苦労といったありさまだ。滝次が急に咳き込み、鱸丸が不満を口にした。

「なんだって法皇様は殺生の禁断などなさるのかな。それで俺たちが飢え死にしても構わないっていうのか」

「よせ……鱸丸。法皇様の悪口を言うんじゃねえ。平太様がお困りになるだろう。平氏の方々は法皇様にお仕えしておるのだから」

滝次がしわぶきながら叱った。

平太は胸が痛んだ。それと知らず、滝次や鱸丸を苦しめる側に立っていた。

明けて大治四（一一二九）年正月。平太は十二歳になり、元服の日を迎えた。

忠盛の館には、晴れの日を祝おうと、忠正、家貞、盛康はじめ平氏の一門が顔をそろえた。

平太はいつもにも増して派手な衣装を着、高下駄を履き、宋剣を帯びている。

「な……その姿で元服するつもりか！」

忠正は怒りを通り越して、あきれた。

身内だけでも物議をかもす格好だというのに、招待された客の中に、藤原家保《いえやす》とその子・家成《いえなり》がいる。

「藤原家保と申す。本日の加冠役《かかんやく》は、わが子・家成にござる」

白河院の信任があつく、大切な役を引き受けてくれた家保・家成親子に、盛康はひたすら頭を下げて謝罪につとめた。

ところが、当の平太はけろりとしている。

「武士でない者が俺に加冠するだと？」

盛康がハラハラする横で、家成は珍しそうに平太を眺めてから口を開いた。

「私は平太殿のご継母、宗子殿のいとこにあたりまする。若輩ながら従四位下に列しております。公家や宮中のことなど教えてさしあげることもございましょう」

余裕を見せる家成に、平太は昨今とみに感じている疑問をぶつけた。

「なにゆえ貴族は白河の院の悪しき政を諫められませぬか。殺生禁断令が民を苦しめておることがわかりませせぬか」

「おやおや、これは手厳しい」

「お答えいただけぬのならば、さようなお方の加冠などご免こうむりまする」

平太は家成の手から冠を払いのけた。

「無礼がすぎまするぞ、平太様！」

家貞がきつく咎め、盛康は慌てて冠を拾い上げた。

忠盛は眉ひとつ動かさずに平太の行動を見ている。

どこにいたのか、屈強な男が進み出て平太の前にドンと立った。

「だ、誰だ」

平太がひるむほどの男の迫力だ。

「伊勢にて代々、平氏にお仕えしておりまする、伊藤忠清《いとうただきよ》と申します」

忠清は丁寧な口調で自己紹介し、平太の腕をがっちりとつかんで放さない。「伊勢平氏」と呼ばれるように、元来、平氏の本拠は伊勢の地にある。

「本日のご元服、すんなりとはいかぬこと、殿はお見通し。式を滞りなく進めよと、この忠清が仰せつかっておりまする」

平太は精一杯抗って忠清の手を振りほどこうとしたが、忠清はびくともしない剛力で平太を座につかせた。ぐいっと髪が引っ張られ、平太の髻《もとどり》が結われていく。

必死の抵抗を試みる平太に、家成が淡々と語りかけた。

「――さきほど問われたことにござりまするが。白河院も御年七十六。少々お耳が遠くなっておいでてでしょう。私のような低き身分の者の声がなかなか届きませぬ。無位無官の若者の声ならなおのこと。表で野良犬がいくら吠えても聞こえませぬ。せめて飼い犬となり、お耳のそばで吠えませぬとな」

家成が平太の頭に冠を載せた。少し傾いている。

平太は観念したが、まだ少し悔しそうだ。

忠盛が、平太の目の前で紙を広げた。「清盛」と大書されている。

「本日より名を清盛と改めよ」

忠盛が命名した。

平清盛が誕生した瞬間だった。


元服を済ませた清盛は、京の石清水八幡宮《いわしみずはちまんぐう》で毎年三月に催される石清水臨時祭の舞人に選ばれた。祭には白河院も参加し、舞を鑑賞する予定になっている。

もっとも、清盛に舞人をつとめる気はなく、今さら白河院に会いたいとも思えなかった。

そんなある日、清盛が町から戻ると、男が館近くでよろよろと這うようにして歩いている。

「鱸丸?! 鱸丸ではないか！ ……おい！ 誰か！」

清盛の大声に、忠盛や家貞が何事かと館内から出てきた。

鱸丸は息も絶え絶えに訴えた。

「……お父が……捕まって、連れていかれた」

「滝次が？ なにゆえじゃ」

「……漁をしたんです。俺や、村の者が飢えてるのを見かねて――」

鱸丸は力尽きて倒れ込んだ。

家貞の指示で、家人たちが鱸丸を館内に運び込んでいく。

ところが、普段は迅速に行動する忠盛が、何か別のことに気をとられている。

「なにをしておるのです。早う滝次を助けに行きませぬと！」

清盛が急かした。

忠盛の意識は、十数年前、白河院御所の庭で、一斉に放たれた矢に体を貫かれた舞子の上に漂っている。

「……こたびのことは法皇様の命に背いた滝次が過ち。黙して沙汰を待つのみじゃ」

忠盛に裏切られた気がして、清盛はひどく落胆した。それならば、自力でできるだけのことをするまでと、清盛が踵を返して行こうとした。

「法皇様に逆らってはならぬ！」

清盛は侮蔑の目で振り返り、忠盛を真正面から見据えた。

「ならばなにゆえ、名づけたんだ。俺を、清盛と。なにゆえ清いの文字など与えたんだ。罪なき民を泣かせて、武士など名乗れるか!!」

清盛が夜霧に飛び乗って走り去ると、忠盛は腰が抜けたように廊下に座り込んだ。

宗子が廊下へ出てきて、心配そうに忠盛に寄り添い、なんとも不思議そうな顔をした。

忠盛が笑っている。

「……武士と申したぞ。清盛が……おのれを武士と……」

忠盛が待ち望んでいた日が、突如思いもよらない形でやってきた。

仏像に手を合わせていた白河院は、しつこく拝謁を願い出ている者がいると近習から報告を受けた。いきなり押しかけてきた不届き者になど、当初会う気はなかったが、記憶の片隅から何者かがぼんやりと浮かんできた。

清盛は庭に平伏したまましばらく待たされた。清盛の背後で、白河院御所の門前で焼かれている漁網が煙となって立ち上っていく。

静かに人が動く気配がして、「おもてを上げよ」と声がかかった。

清盛はゆっくりと顔を上げ、怒りと憎しみの炎をたぎらせた目を白河院に向けた。

白河院は、平然と炎に身をさらしている。

「平清盛と申す者はそちか」

「……はい」

「平忠盛が子か」

「平忠盛は……父ではござりませぬ。私を拾い育てた男にすぎませぬ」

「ではそちは誰が子か」

「……私は……誰の子でもござりませぬ」

白河院はさりげなく清盛を観察し、胸の内を読み取ろうとした。

「――して。何用あってここへ来た」

「滝次をご放免くださりませ！」

「滝次……？」

「西海の漁師にござります！　禁断令に背き、殺生をしたかどで捕らえられましてござります。されど魚を獲るは漁師には生きる道。これを捕らえるとは奇怪！　すぐにその身を放すがなされるべき道と存じまする」

「ならぬ」

「なにゆえにござりまするか」

「示しがつかぬ」

「見せしめのためと仰せられまするか」

「国を治めるためと言うておる」

清盛はじっと白河院の目を見た。その目の奥にあるものを逃すまいとしているようでもある。

「……戯言にござりまする。法皇様は……怯えておいでにござりましょう。現に生けるもののけが如き、おのが振る舞いに」

白河院の表情が、かすかに揺れた。

地べたに座した清盛が恐れを知らずに言い募る背後で、煙がゆらゆらと空に上っていく。

「それゆえ今さら仏の教えにすがり、漁網を焼く。あの立ち上るどす黒き煙のように。月の光に染まろうと、必死にあがいておいでなのです」

「……これはおもしろきことを申す。わしが現に生けるもののけとは。では、そちはどうじゃ。誰の子でもないと申したな?」

「申しました」

清盛と白河院の視線が絡んだ。緊迫した一時が過ぎると、白河院が唐突に言葉を投げた。

「そちの母は白拍子じゃ。いやしき遊び女じゃ」

「おやめくださりませ」

「その女は、陰陽師が申すに、王家に禍するものを腹に宿しておった。それゆえ、腹の子を流すよう命じた。だが従わず逃げおったゆえ――わしが殺した。そちが座っておるその場所で――その腹から生まれ出た、赤子のそちの目の前での」

清盛は瞬きひとつせず、白河院を見据えている。心がずたずたに引き裂かれ、感情が麻痺してしまったのか、清盛からはどんな表情も読み取ることができない。

清盛の体が小刻みに震え始め、やがて声までも震えた。

「ならばなにゆえ……私は生きておるのですか。王家に禍する者と言われ、母を殺されてなお、なにゆえ私は生きておるのですか」

「……それはのう」

白河院は息を継ぎ、清盛を上座から見下ろした。

「そちにも、この、もののけの血が流れておるからだ。わかったか――清盛」

名を呼ばれただけで、清盛は雷に打たれたかのようにびくっと反応した。

白河院は薄く笑うと、悠然とその場から去った。


石清水臨時祭の日、石清水八幡宮に大勢の人たちが集まった。

家成は人々の間をそぞろ歩き、学者風の男を見つけて声をかけた。

「通憲《みちのり》殿――高階《たかしなの》通憲殿ではございませぬか」

呼ばれて振り返った学者風の男は、いつか清盛の掘った落とし穴に落ちた人物だ。

「これは家成様」

「そなたが祭見物とは珍しい」

「私はこの世のありとあらゆるものをこの目で見たいと常々考えておりまする」

「それはよい。本日の祭は見ものでござりまするぞ。平清盛が舞人をつとめまする」

「平清盛……？　存じませぬな」

通憲の記憶にない名前だ。

ちょうどそのとき、人々から歓声があがった。華やかな装束を身にまとった男たちが登場し、そのすぐあとから、清盛がきらびやかな装束に身を包んで現れた。これまでの清盛とは打って変わって貴族らしい化粧を施し、大柄な体に雅《みやび》な衣装がよく栄えている。豪華な装束は、祇園女御からの賜《たまわ》りものだ。

再び歓声があがり、白河院と祇園女御がそろって桟敷に姿を現した。

石清水八幡宮は、もともと源氏と深い縁がある。

「うむむ。どこまで図に乗れば気が済むのだ、平氏め！」

為義が地団太《じだんだ》を踏み、連れてきた息子に話しかけた。

「武者丸《むしゃまる》！　お前が元服した暁には、もっと立派な支度をしていただくぞ！　武者丸……はて？　武者丸？」

為義はきょろきょろと周囲を見回した。

清盛は舞台に立ち、視線の先に白河院をとらえた。笛の音が鳴り響き、さんざめいていた見物人たちが静かになると、忠盛、家貞、盛康、祇園女御、白河院などが見守る中、清盛が演奏に合わせて舞い始めた。

白河院に直談判しに行った日、夜遅く館に帰った清盛を待っていたのは滝次の訃報だった。清盛はおのれの無力さを嫌というほど思い知った。

力をつけて、白河院の耳に届く声を持たなくてはならない。石清水臨時祭は、舞人の清盛が白河院の耳のそばまで近づき、自分の声を届ける好機だ。清盛は八幡宮の舞台で舞人のつとめを果たしてみせようと、忠盛に手ほどきを頼んで舞の稽古に励んだ。

清盛は稽古の成果を余すところなく演じ、見事な舞で観衆をうならせた。

家成がポロリと余計なことを言った。

「さすが……白河院の落とし胤と噂されるだけはある」

「落とし胤?!」

通憲が聞き返した。

「噂ですよ。噂」

観客は華麗な舞に見とれているが、清盛は憎しみのこもった鋭い目を白河院から外そうとしない。祇園女御と忠盛が、清盛が発する凄みに気がついた。

突然、清盛が振り付けにない動きをした。太刀を投げ捨て、観客席から飛んできたものを受け取ったのだ。投げたのは見物人に紛れていた鱸丸で、清盛は太刀の代わりに宋剣を手にしている。見物人がどよめいた。

「……ずいぶんと型破りな趣向ですな」

家成が隣の通憲に話しかけた。

「あの剣は……いつかの……!」

通憲は舞台の清盛をまじまじと見た。

清盛は宋剣を手に舞いながら、次第に白河院へと近づいていく。近づくにつれ、清盛の舞が殺気を帯びていく。今や祇園女御には、清盛の殺意が形になって見えるようだ。

白河院は微動だにせず、清盛をしかと見据えている。

（それはのう。そちにも、この、もののけの血が流れておるからだ。わかったか――清盛）

白河院の声がよみがえったとき、清盛は「うわぁ!!」という気勢とともに宋剣を振り上げて跳躍した。白河院は表情ひとつ変えずに清盛を見ている。清盛は宙を舞い、白河院を目がけて宋剣を振り下ろした。

清盛が着地すると、地面に宋剣が突き立てられている。その傍らに片膝立てをしている清盛は、汗だくで目は血走り、激しく息を切らし、それでもまだ白河院から視線を外そうとしない。

観客席は水を打ったようになり、その直後、見物人たちが大きくざわめいた。

すっと、白河院が立ち上がった。

「なかなかおもしろき舞であった。まこと――武士の子らしゅうての」

白河院が去っていくと、祇園女御は清盛を気にしつつも白河院のあとに続いた。

「清盛様……！」

鱸丸は肩で息をしている清盛に駆け寄り、心配そうに顔をのぞきこんで仰け反《のぞ》った。

清盛が晴れ晴れとした顔で笑っている。

忠盛が来ると、清盛は吹っ切れたように宣言した。

「……俺は父上のようにはならぬ。王家の犬にも、平氏の犬にもならぬ。されど、俺は生きる。野良犬の声が、このおもしろうもない世を変えるまで。おもしろう……生きてやる」

「……さようか。好きにせよ」

忠盛がそれとわからぬほどに微笑んだ。

地面に突き刺さった宋剣を、清盛は楽々と抜き取り、腰に差して歩み去った。

忠盛もまた、清盛に背を向けて去っていく。

通憲は、清盛が遠ざかっていくのを飽きずに見ていた。

「なるほど……おのれを見失うのも道理じゃ……」

見物人が三々五々いなくなった境内で、為義はうろうろと息子を探し回り、木の上に腰かけている武者丸をやっと見つけた。

「いまいましい平家の舞いは終わったらしいぞ！」

「ここから見ておったのですよ、父上。実によう見えました。あれが……平清盛」

為義の嫡男・武者丸。のちの源義朝で、頼朝の父である。義朝はやがて清盛の盟友となり、同時に好敵手ともなる。


〈これより四月のちの大治四（一一二九）年七月七日。白河法皇崩御。現を生けるもののけが如く生きたお方は、七十七年の生涯を閉じた〉

白河院御所の門前でくすぶっていた炎が消え、空にくっきりとした月が輝いた。

白河院が逝去すると、鳥羽院によって殺生禁断令はすぐに解かれ、白河院が行った施策の数々が改められた。

政の中心が鳥羽院御所に移り、鳥羽院による院政が始まったのだ。抑制されていた政への意欲がわき、璋子への執着から解き放たれていく。

その一方で、蟄居していた藤原忠実が鳥羽院のもとで権勢の復活をもくろむなど、白河院を戴くことで良くも悪しくも保たれていた均衡が崩れ、乱世の予兆がうかがえる。

いずれ清盛も乱世の渦に巻き込まれるのだが、この頃はまだ、夜霧に乗って走り回る気楽で無頼の日々を謳歌していた。

第三章　源平の御曹司

白河院が亡くなって三年たった長承元（一一三二）年春。

平次が元服し、名を家盛《いえもり》と改めた。

清盛がどこでなにをしているのか家族は誰も知らないが、盛康との約束で、月に一度「息災也清盛」と至極簡単な文だけは律儀に届いていた。

西海では相変わらず海賊が出没している。

「か……海賊じゃーっ！　海賊が出たぞーっ！」

この日も、積み荷を運んで航行していた大船が襲われた。水手たちは手も足も出ず、見るからに恐ろしげな海賊たちが大船に飛び移り、積み荷の米を略奪しようとした。

「おい。そいつをどうするつもりだ」

海賊より猛々しい容貌の男が立ちはだかった。真っ黒に日焼けし、髪と髭を伸び放題にしているが、清盛である。清盛は、国松《くにまつ》、時松《ときまつ》、蟬松《せみまつ》の三人の仲間を従えていた。

清盛は宋剣を振り回し、海賊相手に大立ち回りを演じた。国松、時松、蟬松も次々に襲いかかる海賊たちに応戦し、清盛ともども豪快な戦いぶりで乱闘を制した。

積み荷を運ぶ大船は、清盛たちを乗せて無事に港に着岸した。村長《むらおさ》がわざわざ出迎え、清盛に礼を述べているその横を、国松、時松、蟬松が米俵などを担いでせっせと運んでいく。

村長が仰天した。

「なにをなさっておいでです！」

「なにって、警固役の褒美だ。俺たちがおらねば海賊にすべて持っていかれておったのだぞ。これくらいなら安いものだ」

夕方、清盛たちが運んだ米が村人たちに分配された。鱸丸が来て、清盛たちを手伝っている。

「ありがとうございます」

老婆がもらった米を大事に抱え、何度も頭を下げた。

「礼などされる筋合いはない。もともとお前たちが汗水たらして作った米なんだ。胸を張って堂々と食え！」

村人たちは手を合わせて清盛を拝んだ。

夜、清盛たちは、粗末な小屋の表で魚の干物を焼いて食べていた。米はすべて村人たちに配ってしまい、ペコペコに空いた腹を満たすには物足りないが、だからといって奪い返した米を食べてしまえば海賊と同じだ。

村のどこかで悲鳴が聞こえ、火の手が上がるのが見えた。鱸丸がすぐに様子を見に行き、顔色を変えて駆け戻ってきた。

「清盛様！　賊が……！」

清盛たちが大急ぎで駆けつけると、大勢の賊が家々を荒らし、食べ物などを強奪しては火を放っていく。村人たちは命からがら家から飛び出し、逃げ惑うばかりだ。

「……この外道ども!!」

清盛たちは多勢の賊を相手に果敢に挑んだが、苦戦を強いられた。

忠盛は武力だけでなく、和歌や舞いなど教養を身につけた武士として、白河院からも認められていた。

家盛はその忠盛から稽古をつけてもらい、武芸を磨いた。なにをやらせても筋がいい。叔父の忠正が感心すると、家盛の守役・平維綱《これつな》は自分が褒められたかのように得意満面になった。

和やかな団欒をこわし、忠清が馬蹄で土埃を撒き散らすほどの勢いで駆け込んできた。

「殿！　わが手の者が西海で賊を捕らえて参り、これより検非違使《けびいし》に引き渡すのでございますが――」

忠清の取り乱し方からして、ただ事ではない事態が生じたのは明らかだ。

忠盛、忠正、家盛、家貞、盛康、維綱らは、忠清の先導で河原へと急いだ。ちょうど縄でつながれた賊たちが、検非違使に引き渡されている。

「あそこにございます！」

忠清が指さしたのは、伸び放題の髪と髭で顔が覆われている凶悪そうな男だ。

「縄をとけ！　とけって！」

髭でもじゃもじゃの男がわめいた。

じーっと見ていた忠盛が、わめき声を耳にするなり、信じがたい思いでつぶやいた。

「……清盛？」

みな一瞬あっけにとられ、次に騒然とした。

「……まさか賊に身を落としておいでとは……この盛康、乳父としてお詫び申し上げまする！」

盛康は河原に頭をこすりつけて詫びた。

そのさまを見つけ、清盛が大声で怒鳴った。

「やめぬか盛康！　俺は賊などではない！　村を襲った賊を捕らえようとしておっただけだ。何度もそう申しておるのにこやつらが」

清盛の風貌を見れば、賊とまちがえられるのも無理はない。平氏の一同は、みなそう思った。

「……検非違使に話をつけよ」

忠盛の指示で、忠清がすぐに検非違使のもとへ向かった。

それを傍目《はため》に、清盛と家盛は数年ぶりの再会を喜び合っている。

「平次ではないか。元服したのか」

「はい。今は家盛と名乗りまする」

「ほう。家盛。それはめでたいな。はははは！」

「めでたいな、はははは、ではない。何を考えておるのだ！」

当然のごとく、忠正から大目玉を食った。

「――それで。どこで何をしておったのだ」

忠盛が尋ねた。啖呵《たんか》を切って出てはいったが、清盛の胸にこみ上げるものがある。

「恐れながら申し上げます。清盛様は西海にて船の警固役をしておいでででした」

鱸丸が加勢したが、いかんせん、清盛と同じように捕縛された状態だ。

「その褒美に積み荷の米を頂戴しておったのだ」

清盛は罪の意識などないが、維綱は青くなった。

「お待ちくださりませ。それはもしや、王家に献上するために運ばれておった米なのではござりませぬか」

「おう！」

「王家のものを横取りしておったと申すか?!」

忠正の目がつり上がった。

「横取りとは人聞きが悪い。取り戻してやったのだ！」

忠清が戻ってきて清盛と鱸丸の縄をとき、ようやくふたりは自由を取り戻した。

清盛には清盛の正義感があり、鱸丸は納得して行動を共にしてきた。

「清盛様は、頂戴した米を、貧しい民に分け与えていたのです」

「民の作った米が民の口に入らぬのは理屈に合わぬゆえな」

清盛はもう十分だろうとばかり、この話を打ち切った。

「わかったら早う国松と時松と蟬松の縄もとけ。俺の郎党たちだ。早う西海に戻らねば」

「ならぬ。京におれ」

忠盛が命じた。

「なにゆえにござりまするか。戻らねば海賊たちがのさばり、民が飢えまする！」

「朋輩《ともがら》がどうなってもよいと申すか」

忠盛は国松たちの身柄を盾に、清盛を京に足止めした。


「なんという。なんという汚い手を使うのだ、父上は。海賊よりもたちが悪いわ」

腹立ちまぎれにずんずん歩く清盛の前に、ひとりの青年が立ちはだかった。

「平清盛だな」

「……そうだが」

「やっと見つけたぞ。競べ馬で、俺と勝負せい」

「……なんだよ。気味の悪い奴」

清盛が行こうとすると、青年は再び行く手を阻んだ。

「俺は賀茂の河原で毎日、修練している。いつでもよい。来てくれ」

「しつこいな。だいたい誰なんだお前は」

青年は待ってましたとばかりに名乗った。

「八幡《はちまん》太郎《たろう》義家《よしいえ》の曾孫にして源為義が嫡男、義朝と申す者」

「源為義が嫡男……義朝?!」

「いかにも！」

「知らぬ！」

清盛はかかわりを避けて走り出した。

「あっ。待っておるぞ！」

義朝はあきらめずに声をかけた。義朝とは、元服した武者丸のことである。石清水臨時祭で舞人をつとめた清盛を、木の上に腰かけて見物していた少年だった。

〈この頃、世は、鳥羽院のものとなっていた。鳥羽院による、鳥羽院の世が、作られようとしていた〉

鳥羽院は崇徳帝を後見して院政を行い、権力の座に君臨する治天の君となった。おそらく崇徳帝は、亡き白河院と璋子の不義の子だ。いきおい鳥羽院に疎まれ、政に携わることなく内裏で物憂い日々を送っていた。

一方、摂関家の長・藤原忠実はまんまと政界への復帰を果たし、御所の廊下を闊歩する貴族たちの勢力図は大きく塗り替えられた。

忠実が政権復帰したことで、為義はようやく源氏にも日のあたる場所が与えられる機会がやってきたと喜んだ。忠実が蟄居の憂き目を見た不遇時代に、一生懸命に励ましてきた甲斐がある。

為義は鳥羽院御所を訪ね、まずは鳥羽院が重用する藤原家保に目通りを願った。家保のそばに、家成が控えている。

「このたび元服いたしましたわが嫡男・義朝は三年にわたり修練を積んでまいり、胆力技量ともに優れたもののふに育ちましてございます」

為義は義朝を売り込み、北面の武士に加えてほしいと平身低頭して頼み込んだ。

家保からそれなりの手応えを感じた為義は、側近の通清を伴って満足げに御所の前庭を歩いていた。ちょうど、向こうから忠盛と家貞がやって来る。

「為義殿。ひさしゅうございますな」

忠盛は如才なく挨拶した。

「忠盛殿。また院に寄進でも申し出に参ったのか？」

家保から好感触を得たばかりで、為義は余裕綽々《しゃくしゃく》として聞いた。

「いや。院のお召しにより参ったのだが」

忠盛は武士でありながら、積年の忠義から院への昇殿を認められていた。

忠盛が行ってしまうと、通清は悔しがった。

「……殿には会うてくださらなんだのに……」

「なに、かまわぬ。あやつが院の昇殿を許されておるのは、白河院の子を引き取ってまで媚びたがゆえじゃ。だが今は鳥羽の院の世。白河院と睦まじくしておったことが忠盛の、ひいては平氏の仇となろう。今こそ源氏の力を取り戻すときじゃ」

白河院に近かった者を鳥羽院が疎んじているのを考慮すれば、為義の言い分は必ずしも負け惜しみではなかった。

鳥羽院の前に参上した忠盛は、家保、家成の立会いのもと、直々に話すことを許された。

平伏したまま恐縮する忠盛に、まずは鳥羽院から言葉が下された。

「忠盛……そちは朕によう尽くしておる。だが朕は未だ、そちを心より信ずることができぬ。あのもののけ——白河院に仕えておった者が……果たして朕に心より仕えられるものか」

「私の上皇様への忠義に嘘偽りはござりませぬ」

「ではそちの子・清盛はどうじゃ。白河院の落とし胤との噂があるが。清盛は朕に忠義を尽くす気があるのか」

「無論にござりまする」

「その証しを見せよ」

「証し……」

さて、どうやって忠義の証しを示したものか。忠盛が考え込んだ。

すると家成が「恐れながら」と申し出て、鳥羽院に私見を述べた。

「清盛を院北面に任ぜられてはいかがでしょう。北面の武士は上皇様を警固し奉り、院の御所をお守りするのが役目。その気があるか否かで、清盛が忠義のほどもはかれようというものです。無頼の高平太の武勇は京に名高い。少々、型破りではござりますが、北面の武士となれば頼もしき男です」

家成は清盛が元服のときの加冠役で、一筋縄ではいかない清盛という青年に興味を持った。案の定、通り一遍の生き方はしていないようだ。

鳥羽院は家成を信頼している。家成が推挙したのなら、清盛を試してみる価値がありそうだ。鳥羽院はそんなふうに思案し始めていた。

〈賽の目の出方によって、天下の権のゆくえはいかようにも変わる。そんな世であった〉

「北面の武士に……？　院にお仕えせよということにございますか」

対面にいる忠盛に聞き返し、清盛は考えるまでもないといった体《てい》で返答した。

「お断り申します」

盛康が泡を食った。

「申し訳ありませぬ。乳父の私が至らぬばかりに」

盛康がいちいち忠盛に謝るのも、清盛は気に入らない。

家貞が間に入った。

「清盛様……殿はこの三年、鳥羽の院にお尽くしになり、今では正四位下という、武士として破格の地位にまで昇っておりまする。内の殿上人になることさえ夢ではないのです」

「殿上人？」

殿上人は、貴族の中でも従四位下以上でなければなれない。高位だけに特権がある。

「帝のおわしまする内裏清涼殿への昇殿が許されるということにございます。これぞ平氏一門長年の悲願なのでございます！」

「……そのために俺に王家の犬になれと申されるのか。申したはずです。俺はこの、おもしろうもない世を変えたい。変えるために強き野良犬として生きたいと！」

清盛に妥協する気はない。

部屋を出ると、廊下で宗子が待っていた。

「……母上」

「清盛……私は母として、そなたと家盛に、同じだけのことをしてやりたい。母のために京におってはくれぬか」

「……ありがとう存じます。母上のお優しいお心遣い。私の分まで家盛に与えてやっていただければ幸いにござりまする」

清盛は丁重に辞退した。


桜の季節がやってきた。鳥羽院御所の中庭にも、桜の花びらが舞い散っている。

佐藤義清《さとうのりきよ》は髪に舞い落ちた花びらを手に取り、振り返って桜の木を仰いだ。花吹雪の下を、璋子が堀河局ら女房たちを従えて廊下を渡っていく。

「花は盛りに咲きほこりけり……」

義清が和歌を詠むように口ずさんだ。

璋子は崇徳帝のことで頼みがあり、鳥羽院を訪ねて一室に入った。

「帝はことのほか歌がお好きなようにござりまする。誰か帝と年が近うて、歌の上手な者を探し出し、おそばに近う置いてやってもらえませぬでしょうか」

「帝には幼き頃より選りすぐりの近臣を置いておる。みな歌くらいはたしなんでおるはずじゃ」

璋子は無垢な目で、鳥羽の顔をのぞきこむようにした。

「……なにゆえ上皇様は、かように帝につろうあたられまするか。帝がいとしく、ござりませぬか?」

「……いとしく思えと申すか？　わが胤ではない、先の院の子である帝を！　わが子のようにいつくしめと申すか！」

鳥羽院は怒りに火がつき、わなわなと震えた。

堀河局は恐れ多さに思わず目を伏せ、そっと璋子を見るなりわが目を疑った。

璋子はきょとんとして、なんの邪心もない。

「それでも、上皇様のおじい様の子ではございませぬか。上皇様とは血がつながっております。わが子と同じく、いとしくは思いませぬか？　上皇様には大叔父様にあたられる子にございますから、叔父子、とでもお思いになればいかがです」

「叔父子……だと……」

鳥羽院は怒りに突き上げられたかのように立ち上がり、憤然と部屋をあとにした。

北面詰所にいる北面の武士たちは、鳥羽院が出かけるという急な知らせに慌ただしく護衛の支度にかかった。北面の武士たちの中に、さきほど桜の歌を詠んだ義清の顔があった。

鳥羽院が出かけた直後、為義と義朝が鳥羽院御所を訪れた。為義の念願がかない、義朝の目通りが約束された日だった。庭で待ち、桜の花を眺めて緊張をほぐしていると、家成が来て、鳥羽院が急用で外出した旨を告げられた。

「……気の毒であるが、鳥羽院はそのものを北面に取り立てるつもりはないご様子」

「なにゆえでございまするか！」

為義は食い下がった。不本意な結果を、しかも直々ではなく、まだ年若い家成から聞かされるとは無念だ。

「北面の武士は上皇様の御身をお守りする大切なお役目。ふさわしき者を厳しく選ぶは道理でしょう」

「義朝はふさわしくないと仰せか」

感情的になる為義を、義朝がたしなめ、家成に向かって姿勢を改めた。

「お尋ねしたき儀がござりまする。平氏には私と同じ年頃の清盛という男がおりまする。清盛についてはいかがなされまするのか」

「率直に問われたゆえ、率直にお答え申そう——上皇様は平清盛を北面にお望みである」

義朝にとって、清盛は避けては通れない宿命を背負った男らしい。


清盛は京より西海での暮らしのほうが性に合っている。仲間を助け出し、西海に戻る手はないものかと一計を案じた。博打場に行って得意の双六で大勝し、負けた男たちから身ぐるみ剝ぎ取る代わりに突飛な仕事を請け負わせた。検非違庁に投獄されている国松、時松、蟬松を助け出すため、牢破りの手伝いをさせたのだ。

企てどおり、男たちが検非違使の注意をそらし、その隙に清盛が檻を壊した。

「国松、時松、蟬松！　助けに参ったぞ！」

脱獄に成功すると、清盛一行は町に繰り出した。国松、時松、蟬松は、初めて見る京の町で、見るもの聞くものすべてが珍しくて興奮した。

「あまりうろうろするでないぞ。検非違使に見つからぬよう気をつけろ」

清盛が注意するそばから、三人はうろうろ歩き、きょろきょろと周囲を見回した。

「いくらなんでも牢を破ったのはまずうございます」

鱸丸は冷や汗が出そうだ。

「こうでもせねば西海に戻れぬ」

「……国松たちはともかく清盛様は京に残り、棟梁様に従って北面の武士とやらにおなりになるべきかと存じます。棟梁様やお母上のお気持ちを少しは考えて」

鱸丸なりの配慮だが、清盛はむかっ腹をたてた。

「なんなのだ、棟梁様、棟梁様と。そんなに父上が好きなら、お前ひとり京に残れ！」

プンプンする清盛の腕を、何者かがいきなりつかんだ。むっとして相手を見ると、以前、清盛の前に立ちはだかって、源義朝と名乗った若い男だ。

義朝は不躾《ぶしつけ》に質問した。

「どういうことだ」

「ああ？」

「北面の武士にならぬとはどういうことかと聞いておる」

義朝がむきになって迫るので、清盛は面倒くさそうに義朝の手を振り払った。

「王家の犬にはなりたくないのだ！　王家に媚び、出世をし、位をもろうて喜び、ありがたがる。かようなつまらぬ武士になりとうないのだ、俺は」

清盛は格好をつけたつもりだったが、義朝は急に清盛への興味が失せた。

「なんだ……ただの甘やかされた平氏の御曹司か」

くるりと背を向けた義朝の腕を、今度は清盛がむんずとつかんだ。

「ちょっと待て！　聞き捨てならぬ。甘やかされた御曹司とはどういうことだ」

「言葉のままに受け取ってくれてかまわぬ」

「俺は甘えてなどおらぬ。俺はひとりで生きておるのだ！」

粋がる清盛に、義朝はひたと視線をあてた。

「それが御曹司だというのだ。もうよい。貴様なんぞとは、かかわるだけ無駄だ」

義朝はすたすたと歩み去っていく。

「おいこら、待て！　おい！　源氏の御曹司！」

清盛は熱くなり、鱸丸の声で一気に覚めた。

「清盛様！　国松たちの姿が見えませぬ」


国松、時松、蟬松は京見物に夢中になり、案の定、検非違使に見つかってしまった。「逃げろ！」と脱兎のごとく駆け出した国松、時松、蟬松を、検非違使たちが追いかけた。

近くの通りを、鳥羽院が乗る牛車が、義清ら北面の武士たちに護衛されて進んでいく。その前に、国松、時松、蟬松が飛び出してきた。義清は三人を次々に組み伏せ、駆けつけた検非違使に引き渡すと、涼しい顔で鳥羽院の護衛に戻った。

牛車は何事もなかったかのごとく進んでいく。

一歩遅れて、清盛と鱸丸が通りに走り込んできた。ちょうど国松、時松、蟬松が検非違使たちに連行されていくところだ。

「おい……！」

文句をつけようとした清盛を、鱸丸が有無を言わせずに抑えた。

「清盛様。なりませぬ！」


しばらくすると、六波羅にある忠盛の館に検非違使が押しかけてきた。

「この家の者がかかわっておると聞いたのだ！」

「何かのおまちがいにござります。お引き取りを」

維綱と検非違使とで押し問答になった。

館内では、忠盛、忠正、家盛、家貞たちが一室に集まり、この騒動をどう収めるか大慌てで知恵を出し合った。

「賂《まいない》をはずんで帰らせよ。絹でも砂金でも渡すがよい。なんとしても清盛様とのかかわりは隠し通せ！」

家貞が手っ取り早い方法で、家人たちに指示を飛ばした。

忠盛は黙していて誰も責めてはいないが、盛康は針のむしろに座っている心地だ。

「申し訳ござりませぬ。申し訳ござりませぬ……清盛様の乳父として、この盛康、今度という今度は……」

思いあまった盛康は、腰刀で喉を突いて詫びようとした。

「ばかもの！　今は平氏に禍せぬよう、みなで力を尽くすときじゃ」

家貞が腰刀を払いのけると、盛康が泣き崩れた。

忠正はあきれ、宗子は心配そうに成り行きを見守っている。

「兄上！」

家盛が気づき、清盛がみなの視線にさらされて気まずそうに部屋に入ってきた。

「盛康。すまぬ」

盛康に詫びた清盛は、忠盛の前に座って両手をついた。

「申し訳ございませぬ！　こたびのこと……俺が責めを負いまする」

「いかにして負うつもりじゃ」

「自分のしたことをすべて正直に申し出まする」

「ならぬ」

忠盛が一言のもとに否定した。

「責めを負うと申すなら、やりようはただひとつ。この件には一切かかわりがないと言い通すことじゃ」

「……されど、国松、時松、蝉松は私の郎党にござります。朋輩を見捨てるわけには参りませぬ」

「お前はその朋輩とやらと何をしてきた」

「申し上げましたとおり、船の警固役として働き、その褒美を貧しい民に分け与えておりました」

「まこと守っておったと思うておるのか。その村の民は賊に襲われた。その賊は、お前たちが退治した海賊たちだ。その村に米があると聞きつけ、襲ったのだ」

清盛は目の前が真っ暗になった。よかれと思ってやってきたことが、正反対の結果を生んでしまった。

「よいか。浅知恵で押さえつけたものはいずれ浅知恵でやり返してくる。それで傷つくのは弱き民だ。お前は民を守ってなどおらぬ。お前のしたことは賊と同じだ。お前が村を襲ったも同じなのだ」

忠盛の叱責に、清盛は何ひとつ言い返せずに身を震わせた。

家貞、盛康、家盛、忠正も、頭を垂れて聞いている。

「それでもお前がこうして生きていられるのは――お前の知らぬところで平氏一門がお前を守っておるからだ。かようなる赤子のような者が、いかにしてひとりで責めを負うと申すのじゃ！」

庭に控える鱸丸は、自分が譴責《けんせき》されたに等しいと感じていた。

それでも清盛は、国松、時松、蝉松を見放せない。

「……さ、されど。おのれひとり、何の罪もないという顔をして……どうして生きていけましょうや……」

「――ああ、もう回りくどい話はよい。清盛。平氏と縁を切れ。さすればお前の気の済むように責めを負えよう」

忠正が気短に言った。もともと忠正は、清盛より家盛を高く評価してきた。

清盛にも出生の負い目がある。家族と縁を切ることにためらいはあるが、忠盛や平氏から受けた恩義を思えば、忠正の勧めを受け入れるべきかもしれない。

承諾しかけた清盛を、忠盛が止めた。

「清盛が平氏と縁を切ることは断じて許さぬ」

「なにゆえじゃ。それですべて収まるであろう！」

忠正が不服を唱えた。

「なくてはならぬからだ、清盛は。平氏になくてはならぬ男であるからだ」

清盛が、はっと胸を衝かれて忠盛を見た。

だが、忠正は清盛がいずれ平氏一門を率いることこそ不満だ。

「兄上は義姉上のお立場でものを考えたことがおありか。男子をもうけた正妻であると申すに、どこの馬の骨ともしれぬ白拍子の子を、嫡男として育てさせられる。こんなばかげた話があるか。正妻にいらぬ忍耐を強いて、なにが棟梁ぞ！」

「おやめくださりませ！」

宗子が悲鳴に近い声をあげた。

「清盛は私の子です。私の子なのですから……私の。私の……」

宗子は号泣し、最後は言葉にならない。

清盛は申し訳なさでいっぱいになり、宗子に許しを求めようとした。

ほとんど同時に、家盛が宗子のそばに寄り、その手をとって清盛を振り返った。

「兄上。母上のためにも、どうか……父上の仰せのとおりになさってくださりませ。弟の頼みを聞いてくださりませ」

家盛に手を預けて、宗子が泣いている。

清盛は膝の上に置いた拳をかたく握りしめた。

「……俺は。俺は……」

棟梁である父は「なくてはならぬ男」とはっきりと告げ、義母の宗子は「私の子」と言い切ってくれた。はたして、自分は嫡男としてふさわしいのか。自問した清盛は、恥ずかしさにいたたまれなくなった。

賀茂の河原に夕暮れが迫っている。義朝はひとり弓矢の鍛錬をしていた。放った矢が、見事に的に命中した。不意に人の気配がし、義朝が振り返った。

清盛が、夜霧の手綱をつかんで佇《たたず》んでいる。

「競べ馬で、俺と勝負せい」

「……悪いが忙しい」

義朝はすげなく断り、再び弓を引こうとして清盛に肩を押さえられた。むかっ腹を立てた義朝は、清盛の顔を見た瞬間、清盛が何かただならない状況に陥ったのを察した。

義朝は勝負を受け、愛馬に騎乗すると、清盛と馬首を並べて遠くに見える大木を指した。

「あの木まで先に着いたほうが勝ちということでどうだ」

「わかった」

「では、三つ数えたら始める。一、……二、……三！」

二人は同時に馬を走らせた。二頭の馬はどちらも全力で疾走し、次第に義朝の馬が優位に立ち始めた。清盛がちらっと横の義朝を気にし、夜霧の速度をあげようと無理をさせた。義朝はまっすぐに前を見て、馬と一体になって快走している。

清盛と義朝の差がどんどん開き、焦った清盛は何度も夜霧の腹を蹴った。夜霧も清盛に応えようと必死に走るが追いつかず、義朝の馬はもう大木に到着しようとしている。

苦しくなった夜霧が、もがくようにいななないた。清盛は体の軸を失って落馬し、落ちた勢いでごろごろと転がってうつぶせの状態でようやく止まった。

「……う……」

清盛がわずかに体を起こすと、顔も体も泥まみれになっている。

先に大木に着いた義朝は、半ばあきれ、憐憫《れんびん》の情さえ浮かべて見ている。

清盛の目から涙が噴き出した。

「俺は、どうしようもない男だ……赤子のように守られているとも知らず。思い上がって……ひとりで生きてるつもりになって。俺は、なにもできない、つまらない、奴」

清盛は、顔を泥と涙と鼻水でぐちゃぐちゃにして泣き言を並べた。

「平氏のもとにいなければ、のたれ死ぬしかない。弱い野良犬、なんだ。要らぬ、俺など。俺など、要らぬ。うう……う……」

義朝はゆっくりと馬首を清盛のほうに向けた。

「――あの日、俺は見ていた。舞いを舞う男を。白河院を斬らんばかりの異様な殺気をみなぎらせて舞う男を。俺はそやつに勝ちたくて、今日まで三年、武芸を磨いてきたのだ」

清盛がそろりそろりと顔を上げるのを、義朝は馬上から見て話を続けた。

「武士は王家の犬だと申したな？　それはちがう。武士が王家を守ってやっておるのだ。きっとそうだ。俺はいつか思い知らせてやるつもりだ。武士がおらねば王家はなにもできぬと。そのため北面の武士となることを望んだが――俺には許されなかった」

清盛の目に少しずつ光が戻ってくる。

義朝はその目の光をとらえて言った。

「だが。まこと、もっとも強き武士は源氏だ。貴様のような情けない者を抱えた平氏とはちがう。それがわかって、今日は気分がいい」

義朝が行こうとするのを見て、清盛は立ち上がって引きとめた。

「……ま……待て！　勝ち逃げは許さん！」

「うるさい、負け犬」

「次は負けぬ」

「次などないわ」

「お前なんぞ、叩きのめしてやる！」

「勝手に吠えておれ」

義朝が遠ざかっていく。その背中に、清盛は叫び続けた。

「負けぬからな！　次は決して！　負けぬからなーっ！」

義朝は馬を進めながら、いつまでも背中に清盛の視線を感じていた。

〈父・義朝は、ついに振り返らなかったそうだ。そのときの顔を、断じて見られたくなかったから〉

このとき、義朝がうっすらと微笑んでいたことを、清盛は知らない。

〈源義朝なくして平清盛はなく、平清盛なくして源義朝はなかった〉

数日後、鳥羽院御所の北面詰所に、日焼けした肌に派手な鎧を身につけた清盛の姿があった。北面の武士たちの多くは清盛を見てざわつくが、義清だけはおもしろそうに異質の新入りが目の前を通り過ぎるのを見送った。

「平清盛。本日より院北面の武士として、ご奉公つかまつる！」

警固に立った清盛に、御簾の奥から鳥羽院が探るような鋭い目を向けている。

〈王家の犬ではない、武士による武士の世。それは多くの武士の悲願であったが、この頃には思い描くことすら難しい夢でもあった。そんな世に、平清盛は無頼の心を抱えたまま、乱世の舞台の真ん中に身を投じていった〉

第四章　殿上の闇討ち

義朝が望んでも許されず、清盛に白羽の矢が立った北面の武士とは、上皇に仕え、身辺の警固にあたる者たちのことで、良家の子息にして文武両道に優れ、容姿端麗という条件を満たした者が選ばれた。いわば若者たちの憧れ、「もののふの華」ともいうべき男たちの集団だった。

この日、北面の武士たちは、鳥羽院御所の武芸場で流鏑馬《やぶさめ》の修練に精を出していた。流鏑馬とは、疾走する馬に乗った騎手が、方形の板でできた三つの的を順番に弓矢で射る競技のことだ。

清盛は相変わらず無頼を気取り、仁王立ちして仲間の競技を眺めている。その清盛が、「むむ……」と小さく唸り、次の射手、義清に注目した。

義清は颯爽と馬を走らせ、三つの的すべてに矢を命中させた。それでいて自慢げでなく、てらいもなく、清々しい顔をしている。非の打ちどころがなくて、清盛はどうにも気に入らない。

次は清盛の番だ。夜霧に騎乗した清盛は、馬を止めて見ている義清を強く意識した。気合を入れて夜霧を走らせたまではいいが、負けず嫌いの気質が災いして力が入りすぎたのだろう。腰にさした矢を抜こうとして、どこかに引っかけてしまった。焦って矢を引き抜こうとしているうちに、一本も射ることなく三つの的をすべて通り過ぎてしまった。


修練を終え、北面詰所に戻った清盛は、不機嫌に流鏑馬の道具を片づけていた。

「おい。璋子様のお出かけだ。早うお供の支度をせい」

仲間のひとりから急かされた。上皇の妃を警固するのも仕事のうちだが、みな仕事の支度に取りかかるというより、せっせと自分の身だしなみを整えている。

少しして、璋子が堀河局とともに庭に出てきた。二人が牛車に乗ると、こぎれいに身支度を整えた北面の武士たちが、しずしずと牛車を守って歩き始めた。

乱れた髪に、土埃にまみれたままの北面の武士など、清盛しかいない。

「お守り申すのに、そこまでめかしこまなくとも……」

ぶつぶつ独り言をいう清盛を、義清は興味深く観察していた。

牛車は璋子の別宅に入った。璋子はここの一室で、堀河局や女房たちと歌合せを楽しもうというのだ。堀河局は才色兼備で知られる女流歌人だけに、和歌は得意とするところだ。

〈長からむ　心も知らず　わが袖の　濡れてぞ今朝は　ものをこそ思へ〉

堀河局が詠んだ歌に、「なんと艶めかしい」と女房たちからため息が漏れた。

清盛はほかの北面の武士たちと庭に控えているが、なにがどう艶めかしいのか皆目わからない。

「殿方がどう感じたものか、聞いてみとうございますな」

など言い出した女房がいて、北面の武士から適当にひとりが選ばれた。

「はい。後朝《きぬぎぬ》の別れのあと、男への思いと疑いに心乱れ、涙に袖を濡らすさまが胸に迫りましてござります」

さすが文武両道に長けた北面の武士だけあって、歌に詠まれた女心をすくい取ってみせた。

「そこな者は？」

女房が清盛を指した。清盛は無頼を通しているので、ほかの者たちと違う感想を期待されたのかもしれない。

清盛は頭の中で疑問符が踊っていたが、こうなったら素直に解釈するしかない。

「えっ？　はい。実になつかしゅう思いまする。俺……いや、私も、幼き頃、よく乳父に、濡れているぞ今朝は、と、言われましたゆえ」

下半身を指した清盛は、女房たちを赤面させたうえ、げんなりさせてしまった。

次に義清が感想を求められた。

「みなの申すとおり、よい歌と存じます。されど……『長からむ』と始めたのなら、『わが袖』よりも『黒髪』を持ってきてはいかがにござりましょう」

義清の指摘が鋭く、堀河局は不意を衝かれた。

「で、では『濡れてぞ』はどうなりまする」

「『乱れて』となさってはいかが」

璋子が声に出して詠んでみる。

「長からむ　心も知らず　黒髪の　乱れて今朝は　ものをこそ思へ……」

「後朝の寝乱れた美しい黒髪が、千々に乱れる女心を絵のように表し、ますます艶やかな調べになると存じます」

義清の言うとおり、歌の世界が目に浮かぶようだ。

「堀河。いかがじゃ」

璋子に問われ、堀河局は悔しくても脱帽するしかない。

「……お見事にございます」

「名はなんと申す」

璋子が武士の名を尋ねた。

「恐れいりましてござりまする。佐藤義清と申します」

義清が恭《うやうや》しく答えた。


「なんなのだ、なんなのだ、なんなのだ！　何が北面の武士じゃ。何がもののふの華じゃあ。めかしこんで、女に色目を使いおって！」

清盛は声を限りに叫び、息が切れてぜーぜーと喉を鳴らした。

ほかの北面の武士たちは、遠巻きに清盛を見ながら怪訝そうに帰っていく。

「女院璋子様にお仕えする女房の覚えがめでたくなれば、璋子様とつながりができる」

不意に話しかけられ、清盛はびっくりした。みな帰ったと思ったが、義清が残っている。

「さすればやがては院、そして帝のおそば近く召し使わされるやもしれぬ。みなその機会をうかがっているのだよ」

妙に達観している義清を、清盛はじろっと見た。

「……お前もか？」

義清は意味深長な笑みを浮かべている。

清盛はまた腹の虫の居所が悪くなった。

「……なんとも、おもしろうない。もっと志高き者が集まっていると思うたのに。王家の犬ばかりではないか！」

「――平清盛といったね。備前守《びぜんのかみ》平忠盛様のご子息とお見受けするが」

「父を存じておるのか」

「北面の武士なら知らぬ者はおるまい。王家とのつながりを強めることに腐心するが王家の犬だとすれば。お前さんのお父上は筋金入りの犬だね」

「なんだと！」

「怒るなよ。敬って申しておるのだ」

義清が笑った。

できればぎゃふんと言わせてやりたい清盛だが、本当のことだけに反論できなかった。

後朝の寝乱れた黒髪は、鳥羽院と閨《ねや》にいる璋子のものだ。

「長からむ　心も知らず　黒髪の　乱れて今朝は……ものをこそ思へ……」

璋子がつぶやいた。歌の意味は理解しても、心を揺るがす感性に乏しい。

「……璋子。ひとことだけでよい……詫びてもらえぬか」

「詫びる？　……なにをでござりましょう」

「帝を……顕仁を産んだことをじゃ。先の院と密通し、子を産み、朕の子として帝位に就《つ》かせたことを。詫びてはもらえぬか。さすればすべて忘れる。そなたを許す」

鳥羽院がよくよく悩んで口にした頼み事だ。

璋子はあっさりと詫びた。

「上皇様……私が悪うござりました」

「……璋子……そなたという女は……」

もはや何を語っても璋子の心には届かないとあきらめたのか、鳥羽院は泣くことも笑うこともできずに出ていった。

衝立の陰に控えていた堀河局は、璋子の詫びを聞いて心臓が凍りつきそうになった。

「璋子様！　なんということを……なぜお認めになったのです。なぜひとこと……上皇様の思い違いだと申して差し上げぬのですか！」

堀河局が閨に入って諫めると、璋子は事態が飲み込めないのかぽかんとした。

「されど……上皇様が詫びよと」

「上皇様のあのお顔を拝して、璋子様のお心はお乱れにならぬのですか？　その寝乱れた黒髪のように！」

「……堀河。私がここにおるは、妃のつとめゆえではないのか」

「璋子様……」

堀河局は、二の句が継げなくなった。

鳥羽院御所内にある得長寿院《とくちょうじゅいん》は鳥羽院の発願によって建立された御願寺で、かねてより忠盛が造営していた観音堂が落成した。

近習から報告を受けると、鳥羽院はその日のうちに得長寿院に行き、忠盛、家貞ら家人たちが平伏して迎える観音堂へと足を踏み入れた。中央に一丈六尺の観音像が鎮座し、左右に合わせて千体の観音像が並んでいる。その荘厳さに、鳥羽院は心が救われる思いだ。

「仏の御心により少しでも上皇様が心安らかになられますよう……」

忠盛が謹んで述べると、鳥羽院は崩れるようにひざまずいた。すがるようにして観音像を拝む鳥羽院は、今にも泣き出しそうな表情をしている。

治天の君として崇められてもなお、鳥羽院は亡き白河院の呪縛から逃れられずにいる。忠盛はそんな鳥羽院の心の隙に入り込み、しっかりと支えることで活躍の場を広げた。


忠盛はすでに正四位下に叙せられていたが、観音堂の落成と千体の観音像を寄進した功績により内裏への昇殿が許される殿上人となった。本来、武士には手の届かない位と栄誉は、鳥羽院の格別なはからいによるものだ。

夜、六波羅の館では、忠盛のために祝賀の宴が催された。

忠盛が上座につくと、家盛がその前に進み出た。

「おめでとうございます、父上！　武士が殿上人となるは未曽有のこと。私はますます父上を誇りに思いまする」

「うむ。家盛。お前も励むのだぞ」

「はい！」

家盛にとって忠盛は、将来、こうありたいと憧憬する武士の手本だ。喜びを素直に表す家盛に、忠盛はもちろん、守役の維綱も目を細めた。

弟が祝いの挨拶をしたというのに、清盛は少し距離を置いたところに座っている。

「清盛様！　なにをしておいでです、早う、お祝いを」

やきもきした盛康が促した。

清盛が顔を上げると、忠盛が見ている。やおら清盛は立ち上がり、どかどかと忠盛の前に行って、どかっと腰を下ろした。

「父上！　こたびはめでたくご昇殿、お慶び申し上げまする。なんでも殿上人とは、帝のおわす内裏清涼殿の殿上の間に上がることができるご身分だそうではござりませぬか。いやあ、まさか父上が。はははははははは」

清盛はわざとらしく笑った。無理に笑顔を作ろうとして百面相になっている。

忠盛はしばし清盛を見つめ、重い口を開いた。

「近々、祝いの席を設けてくださると、家成様よりの仰せじゃ。お前も招かれておる。来るがよい」

「……承知いたしました」

清盛が頭を下げ、忠盛の前から退いた。

清盛と入れ違うように、忠正が駆けつけ、涙ぐんで忠盛の栄誉を称えた。

「兄上！　よかったのう……よかったのう。ずっと願うてきたことなのじゃ。兄上が殿上人となり、平氏の地位を高める……わしはその支えとなって働き、その地位を揺るがぬものとする……それがわしの願い続けた平氏の姿じゃ」

「……忠正。頼りにしておるぞ」

忠盛は、宗子にも感謝している。

「こたびのことは、みなの働きとともに、お前がしかと家を守り、この一門を陰で支えてくれておったればこそじゃ。今宵はそなたも楽しむがよい」

「殿……もったいのうございます」

宗子が目を潤ませた。

清盛には忠盛、忠正、宗子が感激する様子が、不思議な情景のように映る。取り立てられ、出世をする。それが武士の生き方なのかと、どうしても納得できない。

家盛がさりげなく清盛のそばに来た。

「……出世の果てになにがあるのか、私にもわかりませぬ。されど、かようにみなが笑っておるのですから、きっと悪いことではないと存じます。かようなる馳走が並ぶも父上が殿上人ゆえ。今宵は存分に飲んで食うて騒いではいかがにござりましょうか」

共に喜びを分かち合おうと、家盛は澄んだ目で清盛を見ている。

家族や家人たちの笑い声があがり、みな盛り上がっていて楽しそうだ。

「……わかった！　今宵は飲んで食うて騒いでやる！」

清盛はがつがつとご馳走を口に放り込んだ。

散々食べて腹がくちくなると、清盛は廊下に出て寝転がった。

「清盛様！」

鱸丸が庭に入ってきた。

「おお、鱸丸！　戻ったか。して、国松、時松、蝉松は」

「はい。無事に西海の漁師に預けましてございまする」

清盛は手を尽くし、国松、時松、蝉松が、こののち生業について暮らしていかれるようにと、三人の身柄を鱸丸に託したのだ。

鱸丸が奥の座敷に目を向けた。歌や笑い声が聞こえてきてにぎやかだ。

「宴じゃ。父上が殿上人になられたものでな」

「殿上人に！　それはめでたいことにございますな」

「俺もさんざん食ろうてな。このざまじゃ……されど、なにゆえであろうか。腹が満たされるほどに、心はいよいよむなしゅうなっていく」

清盛は味気なさをかみしめた。


同じ夜、為義は浴びるほどに酒をあおった。通清が止めるのも聞かずに飲み続けて酔態をさらし、縁側で弓矢の手入れをしていた義朝に八つ当たりした。

「義朝！　何をしておる、武芸など磨いても無駄じゃ。二十余年前、わが父・義親が乱暴狼藉を働いて朝廷に追われる身となり、忠盛の父・正盛に討たれた。それからじゃ、王家は源氏を嫌い、平氏を贔屓《ひいき》しておる。もう遅いのじゃ。今さらどうあがいても無駄じゃ！」

くだを巻いた為義は、義朝を見て一気に酔いがさめた。義朝の矢が為義の眉間を狙っている。

「それ以上仰せになれば、この手を放しまするぞ」

「若君！　なんと罰当たりなことを……」

通清が青くなった。

「源氏が平氏に後れをとったは、ひとえに父上の不甲斐なさゆえでござりましょう。父上が不甲斐ないゆえ、私は北面にも入れず、同じ年頃の者たちに後れをとったのです！」

「おやめなさりませ！　源氏の力を取り戻すため、先の殿の過ちを背負いながら、いかに殿が力を尽くして参ったとお思いか。いかに若君をいつくしんでお育てになったとお思いか！」

懸命に諫めようとする通清を、為義は矢を突きつけられたまま制した。

「よい。通清。やめよ」

「やめませぬ！」

「やめよと申しておる！　義朝の申すとおりじゃ……。すべてはわしの不甲斐なさゆえじゃ」

肩を落とした為義は、一回り小さくなったかに見える。

義朝はなにか言葉をかけようとするが、今さら何を言ったところで言葉だけが空回りしそうだ。義朝は黙って弓矢の構えをとき、くるりと背を向けて立ち去った。

忠盛が殿上人になったことは、あちこちに波紋を広げ、ことに貴族たちの反発は大きい。

藤原忠実は、鳥羽院に謁見を求めて御所まで押しかけた。

「得心いたしかねまするな。武士の昇殿など未曾有のこと。これを帝にお勧めになったは、上皇様のご短慮かと存じます」

「ほかにいかにして忠盛の働きに応えよと申すのか」

「忠盛ごときの働きにいちいち応えねばなどとお思いになるは、恐れながら上皇様のご威光が未だ高まらぬゆえと存じまするが。上皇様はまだお若い。今後かようなる大事は、われらとよくよくご詮議のうえでお決めいただきとうござりまする」

藤原摂関家の長という忠実の自負は、ともすれば慢心になりかねない。

「そちを復職させたは、先の院の息のかかった者たちを一掃し、わが独自の政を行うためじゃ。藤原摂関家が天下の権を取り戻す機会であるなどと、ゆめゆめ思うでない」

睨みつける鳥羽院を、忠実が睨み返す。

家成は鳥羽院の傍らに控え、権力をめぐる駆け引きなど一つ一つ吸収していった。

藤原摂関家は娘を帝の妃とし、娘が産んだ男子を皇位につけて外戚となり、政を補佐するという名目で実権を握ってきた。ところが亡き白河院は、藤原摂関家と血縁関係の薄い帝だった。白河帝が幼い皇子に譲位し、上皇となって院政を始めるようになると、藤原摂関家は表舞台に上がる機会が著しく減った。

復職を機に藤原摂関家の再起を目論む忠実には、鳥羽院の待遇が大いに不服だった。

家成は約束どおり忠盛の昇殿を祝う席を設け、忠盛と清盛を招待した。二人が家成の館を訪《おとな》うと、手入れの行き届いた庭園に豪勢な食事や美味そうな酒を用意した膳が並び、艶やかな女人たちが舞い踊る華やかさだ。

主催者である家成、その父・家保のほかに、鳥羽院に重用されている藤原実能《さねよし》など上級貴族たちが招かれ、おのおの酒肴や余興を楽しんでいた。

「忠盛殿。どうぞこちらへ」

家成は主賓の忠盛を自ら部屋の奥へと先導した。

清盛は家の者の案内で別の棟の席につき、笑顔で迎えた先客に「あっ」と驚いた。

「義清ではないか。なにゆえ」

「私はあちらにおわす徳大寺《とくだいじ》藤原実能様にお仕えしておるゆえ」

義清が実能を目で指した。

新たな客が到着したざわめきがあり、突然、部屋の空気が引き締まった。家成をはじめみなが平伏したのを見て、誰だか知らないが清盛もみなにならって平伏した。

忠実が嫡子・忠通《ただみち》とともにやってくる。

「誰ぞおえらい方々か?」

清盛は頭を下げたまま、小声で義清に質問した。

「藤原摂関家はかつて王家をしのぐほどの力を持ち、政を行っていた一族だ――あちらがその氏の長者、忠実様。そしてあちらが、そのご嫡男、関白忠通様だ。院にお仕えしながら、摂関家とも絆を保とうとする家成様のご苦心がわかろうというものだ」

義清が説明を終えたとき、みなにかしずかれて忠実、忠通親子が座についた。

主な招待客がそろったところで、家成が客たちに忠盛を紹介した。

「方々。こちらがこのたび武士として初めて内昇殿を許されました平忠盛殿にござりまする」

「平忠盛にございまする。新参者にて諸事不調法にございますゆえ、方々のお導きをお頼み申し上げまする」

忠盛が口上を述べたとたん、忠通から痛烈な皮肉が浴びせられた。

「これはとんだ趣向におじゃりまするな。われら藤原摂関家の招かれた宴に伊勢平氏ふぜいが連なるとは」

「忠盛殿は院も帝もお認めになった立派な殿上人。なんのさわりもないかと存じます」

家成は落ち着いて対処したが、忠通は嫌味たっぷりにあてつけた。

「院のお心弱りにつけこんだ寄進にて世に出るが立派であると申すか」

「忠盛殿には人徳があると申しておりまする」

「これはおもしろきことを申す。犬に人徳とは。ほっ、ほっ」

忠通がわざとらしく笑った。

清盛は腹の中が煮えくり返ったが、忠盛は他人事のようにおとなしく平伏している。

「よさぬか、忠通」

忠実がもっともらしく割り込んだ。

「家成殿の申すとおりじゃ。武士でありながら殿上人となったは、忠盛殿がそれにふさわしい才覚をお持ちということにほかならぬ。いかがであろう、忠盛殿。ひとつ舞などご披露いただけぬか」

「忠実様。忠盛殿はこの宴の客人にて――」

家成が断りかけたのを、忠盛がやんわりと遮った。

「忠実様の仰せにございますれば」

忠盛は宴の会場の中央に進み出て、笛や太鼓の伴奏に合わせて華麗に舞い始めた。堂に入った舞は、義清など見る目を持った者を感嘆させるに十分だ。それだけに、忠通はおもしろくない。

忠実が演奏者たちに目くばせした。突然、伴奏の拍子が乱れ、つられて忠盛の舞いも乱れて貴族たちの失笑を買った。

忠通は小気味よさそうに微笑んだ。

「まったく、父上はお人が悪い……」

忠盛は座興の役割を甘んじて受け、貴族たちの笑いを伴奏にあっちこっちにふらふらと舞っている。とうとう足がもつれて転んでしまった。

貴族たちが、お囃子のようにどっと笑った。

「やめろ……!」

清盛は止めに入ろうとしたが、動くに動けない。義清が清盛の着物の裾を引いているのだ。

「ここで行われておるは、ただの宴ではない。政だ。みなそれぞれ思惑あってここにおる。お父上とて同じだ。お前さんが今すべきは、あの姿をよく見ておくことだ」

清盛は忠盛を見て、屈辱的な姿に唇をかんだ。

(おのれにとって生きるとはいかなることか。それを見つけたとき、心の軸ができる。心の軸が体を支え、体の軸が心を支えるのだ)

そう教えてくれた忠盛が、心の軸を失ってしまったのかと無性に悲しい。

一人の貴族が瓶子《へいし》を掲げた。

「やはり伊勢の平氏じゃ。この瓶子と同じじゃ、大した役には立たぬ」

忠盛が立ち上がってよろよろと歩くと、もう一人の貴族が瓶子の酒をかけた。

「こっちに寄るでない」

「もう、そのくらいでよろしいでしょう」

家成が打ち切った。戯れにしても行きすぎだ。

忠盛は酒にまみれ、道化の役を演じながら、みなの前に両手をついた。

「未熟な舞にてとんだお目汚しとなり、申し訳ございませぬ。皆さまのお言葉を肝に銘じ、ますます精進いたします」

貴族たちは優越感に浸って笑っているが、ただひとり、忠実だけは厳しい目をしている。

忠盛は、平伏した顔にかすかな笑みを浮かべていた。


古来、日本には五穀豊穣を祝う風習があり、毎年十一月に収穫祭にあたる儀式、新嘗祭が宮中の催しとして行われている。その最終日を豊明節会《とよのあかりのせちえ》と呼び、帝が臨席する。

忠実から呼び出され、為義は馬を駆って急ぎ駆けつけた。

「今宵は恒例の豊明節会じゃ……。帝のお出ましになる内裏での行事ゆえ、そのほうたちにはかかわりのないことだが」

忠実はいったん言葉を区切り、平伏する為義を見ると、絶妙な間をとって話を続けた。

「——忠盛は招かれておるそうじゃ。同じ武家でありながら、なにゆえ平氏と源氏は、かような差がついたのであろうのう、為義？」

「……それは……ひとえに私の不徳のいたすところ」

「それでよいのか、為義！　源氏はわが藤原摂関家との結びつきが強い。その源氏の凋落を……この忠実に黙って見ておれと申すか！」

忠実が激高し、すぐに感情を抑えて穏やかに語りかけた。

「……今宵、忠盛は内裏の渡り廊下をひとりで渡ることになろう。為義。源氏の、そしてそなたの誇りを取り戻すがよい」

為義は深く考え込んだ。忠実の館を出てからも口をきこうとせず、心配した通清が話しかける声も為義の耳を素通りした。


豊明節会に出るため、忠盛は朝廷の儀式に着用する正式の装束に身を包んだ。刀を差す段になると、清盛が宋剣を差し出した。

「これをお持ちくださりませ。『強くなれ』と私に授けたこの剣を差して、寄らば斬るの気構えで、堂々とご昇殿くださりませ！」

「――殿上での帯刀は禁じられておる。飾り刀で参る」

忠盛が手を出し、家貞は心得ていて飾り刀を渡した。

清盛はがっかりした。

「……父上は、失うてしもうたのですね。気高く強き武士の、心の軸を。武士の誇りがおありならば、あのような辱めを受けて耐えられるわけがない」

忠盛は黙々と支度を整え、武士というよりも貴族然とした束帯姿になった。

「結構にござりまする。武士の誇りと引き換えに手に入れた殿上人とやらの立場がさように大事ならば、そうなされればよい。今宵もまた舞いを舞わされ、地に這わされ、酒をひっかけられて、それでもなお媚びへつらって、へらへらと笑うておればよい！」

「清盛様」

たしなめた家貞にも、清盛は容赦しない。

「お前もだ、家貞。第一の家人のくせに、父上を諫めることもせず、一緒になってはしゃぎおって！」

「はしゃぐって」

「まこと父上は、筋金入りの王家の犬だ！」

言い放つと、清盛は足音荒く出ていった。


怒りの炎をしずめようと、清盛は河原に寝転んで空を仰いだ。そのうち蹄の音が聞こえ、誰だろうと顔を上げると、義朝が川岸で馬に水を飲ませている。

義朝のほうも、清盛がいることに気がついた。

「……こんなところで何をしておる。北面の武士なら暇を惜しんで鍛錬せい」

「……お前が思うておるほどよいところではないぞ。みな大した志を持ってはおらぬ。北面として院に取り立てられたからというて……その成れの果ては父上だ。骨のない、情けない男になってしまうだけだ」

不満を並べ立てる清盛を、義朝がいきなり殴りつけた。

「貴様という男は、どこまでばかなのだ。父が殿上人であることのありがたみがわからぬか」

清盛が素早く身を起こし、速攻で義朝を殴り返した。

「父が殿上人ゆえ、見たくもないものを見せられる情けなさが、お前にわかるのか！」

感情をぶつけ合ったあとは、二人に虚しさだけが残った。どちらも、直面している袋小路から容易には抜け出せそうにない。

「若君！」

通清が土手から義朝を呼び、転がるように駆け下りてきた。

「殿は……殿は死ぬ覚悟かもしれませぬ。私を巻き込みたくないからと、おひとりで」

通清が涙ぐんだ。

「通清、落ち着け。なにがあったのだ」

「平忠盛を……斬るおつもりと存じまする」

義朝が呆然とする横で、清盛が弾かれたように立ち上がり、身を翻して走り出した。


夕暮れが近づくにつれ、内裏の表は牛車に乗って次々に到着した貴族たちでにぎわった。

やがて、忠盛が馬で到着した。

為義は先に内裏に入り込み、小庭の片隅に潜んでいた。日が落ちると、たちまちあたりが暗くなって為義の姿を闇に隠した。

帝がいる内裏・殿上の間への入り口には、蔵人《くろうど》と呼ばれる役人が待っていて、貴族たちが来ると奥の間へと案内していく。

忠盛も殿上の間への入り口を通され、ひとりで渡り廊下を歩いていった。

そのあとから来た貴族も、殿上の間への入り口を通ろうとした。

「申し訳ございませぬ。あちらをお渡りに……」

蔵人は頭を下げ、忠盛とは別の廊下へと案内した。

忠盛が行く渡り廊下は、小庭に面している。忠盛は歩きながら、背後に忍び寄ってくる危険な気配に気がついた。

「殿上での帯刀はご法度にござりまするぞ……為義殿」

忠盛がゆっくりと振り返った。すぐうしろに、為義が迫っている。

「法に背いてわしを斬ったところで、源氏が力を取り戻すことはできますまい」

河原から馬を走らせてきた義朝が小庭に駆け込むと、渡り廊下で対峙する忠盛と為義の緊迫した様子が目に飛び込んできた。

そのすぐあとで、小庭の別の一角に、清盛が足をよろめかせてやってきた。全力で疾走してきた清盛は汗だくで、呼吸困難になりそうなほど息を切らせている。

為義が太刀に手をかけた。

「わしの身はどうなっても、源氏は忠実様がお守りくださる！」

「人をあてにしても、いつまで庇護が続くかわからぬぞ」

「う……うるさい！　お前に何がわかる。わしの父親はお前の父親に討たれた。次はわしがお前を討つ。そうせねばわが嫡男・義朝はこの先ずっと報われぬ。わしが義朝にしてやれることは、これしかないのだ！」

為義が抜刀し、忠盛に斬りかかった。

忠盛が巧みに攻撃をかわすと、為義は体勢を崩して尻餅をついた。

「――わからぬお人だ」

忠盛はおもむろに腰に手をやった。鞘から太刀を抜くと、ギラリと刀身が光った。

「そ……それは……本身ではないか?!」

為義が目を剝いた。

助太刀に行こうとした義朝は、忠盛の静かな声音に足を止めた。

「忠実様には、忠盛が抜刀したゆえ闇討ちはできなかったと申せばよい」

「そ、そなたはどうするのじゃ。本身を帯びて昇殿し、そのうえ、抜刀したなどと伝われば、ただでは済むまいぞ！」

「為義殿。斬り合いとならば源氏も平氏もここで終わりぞ。源氏と平氏、どちらが強いか。それはまた先にとっておくことはできぬか？　その勝負は武士が朝廷に対して、十分な力を得てからでもよいのではないか」

曰く言い難い迫力が、忠盛からひたひたと伝わってくる。

「忠盛殿……いったい何を考えておる」

「わしは王家の犬では終わりたくないのだ」

忠盛は太刀を鞘に納め、悠々と殿上に向かった。

清盛は小庭で一部始終を見ていた。初めて知った忠盛の一面は、何人をも寄せ付けないほど厳かだった。

為義は完膚なきまでにやり込められた。忠盛の姿が見えなくなると、はたと我に返って内裏を抜け出し、裏口から外に出ようとした。

「父上！」

追いかけてきた義朝に、為義は情けない姿を目撃されたと察して悄然とした。

「……すまんな……また忠盛にしてやられた」

「……やられればよいのです。父上がやられた分は……私がやり返します。父上がやられるほどに、私は強うなる。強うなって……きっと父上をお守りいたします」

いつの間に義朝は、これほどまでに成長したのだろうか。

「……ばかもの。お前に守ってもらうほど、老いてはおらぬわ」

為義はうれし涙がこぼれ落ちないように、濡れた目をそらして馬に跨った。

義朝も馬に乗り、為義のあとに続いた。

共に馬を進める為義と義朝を、通清が安堵して見守っていた。

豊明節会は、内裏の紫宸殿《ししんでん》で催される。

「帝のおなりにござります る」

近習の声が響いた。

崇徳帝が蔵人らを従えて登場すると、みな一斉に平伏して迎えた。

忠実は上座にいて、招かれた顔ぶれに素早く一瞥を投げた。忠盛がいる。

「……まこと、ふとい男よ……」

忠実が口の端で笑った。


忠盛は豊明節会というすばらしい宴を満喫し、夜明け頃、内裏を辞して町に出た。馬を進め、朝のすがすがしい空気を吸い、小鳥のさえずりに耳を傾けていると、「はっくしょん！」という野暮なくしゃみに情緒を台無しにされた。声の主を見ると、座ったまま寝ている男がいる。

「清盛」

「父上！」

清盛が慌てて立ち上がった。

「そこで何をしておる。いつからおったのだ」

「……父上こそ。いつから考えておったのですか。王家の犬で終わりたくはないと」

馬を降りた忠盛が、じっと清盛の目をのぞきこんだ。

「……それはな、清盛。お前をわが子として育てると決めたときからだ。赤子のお前をこの腕に抱き、平太と呼びかけたとき――わしの心に揺らぐことなき軸ができたのだ」

忠盛が清盛を見る目が、柔らかくなっている。

清盛は胸が熱くなり、今にもこみ上げてきそうな涙をこらえた。

「……まったく、父上は、のうのうと宴を楽しんでおる場合ですか。帯刀して昇殿した挙句、抜刀したりして。源氏の棟梁が告げ口したらどうなさるおつもりですか」

「為義殿は告げ口などせぬ。そもそも帯刀などしておらぬしな」

忠盛が腰の太刀を鞘から抜き、清盛に手渡した。

「こ……これは」

清盛がよくよく見ると、木刀に銀箔が張ってある。

「新入りの殿上人に嫌がらせはつきものと、家貞が用意してくれたのだ。しかし、まさか為義殿が本気で斬りにくるとまでは考えなんだがな。冷や冷やしたわ」

おどけた調子で言い、忠盛は高らかに笑った。

つられたように清盛も笑い、二人は心ゆくまで笑い合った。

「――清盛。お前が思う以上に、殿上はおもしろきところぞ」

忠盛は再び馬上の人となり、馬の腹を蹴って走り去った。

「……いいかげんなことばかり申して」

清盛が、忠盛を追って走り出した。

忠盛が殿上人となったこの年、清盛もまた、次の一歩を踏み出そうとしていた。

第五章　海賊討伐

清盛に弟ができた。清盛の幼名が平太、家盛が平次。この年、長承二（一一三三）年七月に宗子が産んだ男の子は、平五郎《へいごろう》と名づけられた。十六歳になった清盛とは、かなり年の差がある。

無垢な赤子に触れたくて、家盛や家貞が先を争って赤子を抱いた。清盛は気恥ずかしさが先に立つが、勧められるままぎこちなく腕を出すと、宗子がそっと赤子を抱かせた。

あどけない平五郎に、真一文字に結んだ清盛の口が自然に緩み、優しい笑みを浮かべた。

〈赤子はその小さき手に運を握りしめて生まれてくる、と聞いたことがある。しかし、ときにその手に余る、とてつもないさだめを抱えて生まれてくる赤子もいる。平清盛を語っている今、そう思わずにはいられない〉

京の町は盗賊がはびこり、日増しに物騒になっていく。清盛と義清は鳥羽院御所の周辺を警固し、交代時間が近づいた頃に一匹の野良猫を見つけた。腹をすかせているようだ。ちょうど通りかかった義朝は、清盛が猫にかまけて怠けていると誤解した。

「なにをしておるのだ、貴様は。武士の風上にもおけぬ愚かさだ」

義朝は修練を終えた帰りだが、義朝の帰路と清盛たちの見回りの経路が重なった。

「道はひとつではない。ほかを通って行け！」

清盛の命令口調に、義朝はカチンときた。

「俺の行く道は俺が決める！」

「俺の道をじゃますることは許さん！」

清盛が応戦した。

義清の腕の中で、猫が弱々しく鳴いた。


成り行きから、義清は猫と一緒に清盛と義朝を自邸に連れ帰った。

「なぜ俺たちまで猫みたいに連れて帰られねばならぬ？」

干魚を食べる猫をなでながら、義朝が聞いた。

「そうだ、俺たちは飢えてはおらぬぞ！」

清盛も猫の頭をなでている。

義清も猫をなで、二人を交互に見た。

「飢えておるではないか。友と存分にやり合うことに」

「友などではないっ！」

清盛と義朝の声が仲良く調和した。

義清は幼くして父を亡くし、清盛と同じ年頃でありながら佐藤の家を継いだ当主である。

そういえば、義朝は以前、義清の噂を耳にした。

「佐藤義清という名は俺も存じておった。ずば抜けて眉目秀麗にして文にも武にも優れた男が北面におる」

義清は否定も謙遜もせず、「ふふ」と、にんまり笑ったあとでぼやいた。

「しかしまあ……いやな世になったものだ。猫まで飢えるほどなのだからな」

「なにを申す。これは武士にとっては好機の到来ぞ。飢饉が続き、飢えた者が増えれば盗賊も増える。それを討伐するは武士のつとめだ。俺はますます強さを磨き、王家に武士の力を思い知らせたい」

義朝は野心を隠そうともしない。

「なるほど。義朝殿は実に高い志をお持ちだ」

感心する義清に、清盛が絡んだ。

「お前だって出世を狙っておるではないか。歌の才や、武芸を磨くは出世のためであろう」

「私はただ美しさを求めておるだけだ。矢は的の中央に当たるがもっとも美しく、歌はそれにふさわしき言葉が選ばれ見事に組み合わされたときこそもっとも美しい。いかなる世においても、美しく生きることが私の志だ」

義清はほとんど自己陶酔の世界にいて、清盛にも義朝にも入り込めない。

「清盛の志はいかなるものだ」

義清に聞かれ、清盛は思うがままを口にした。

「俺は——おもしろう生きたい」

こうした清盛の考え方が、義朝には不真面目に映る。

だが、義清はすんなりと納得した。

「強く生きるもよし。美しく生きるもよし。おもしろく生きるもよし。それがおのおのの志す武士のあり方ということだ」

義清の言葉に、清盛と義朝は感心したように聞き入っていた。


京は治安の悪さに加え、民衆は長引く飢饉で食べる物もままならずに荒廃している。

崇徳帝はそうした状況に胸を痛め、再三、鳥羽院に申し入れ、何か民のためにしたいという執政への意欲を伝えた。十五歳になり、政に関心を持ち始めてもいる。

鳥羽院はそのつど慇懃無礼《いんぎんぶれい》に拒んだ。それればかりか治天の君として権力を掌握し、決して崇徳帝に譲ろうとはしなかった。

一方、白河院の寵愛を受けて崇徳帝を産んだ璋子は、鳥羽院が崇徳帝を疎んじる因縁を作ったにもかかわらず、宮中において揺るぎない勢力を誇り続けていた。

力があれば、その力にすがろうとする者がいる。

藤原長実は、娘・得子《なりこ》を従えて璋子に目通りを願った。長実は亡き白河院の側近として仕えてきたが、昨今は病を得て体調がすぐれない。

「長実殿。病をおしてまで、何事です」

堀河局が事情を聞いた。

「はい……わが娘・得子のことにござりまする」

長実は、咳き込みながら懸命に訴えた。

「類いなき娘にて、そこらの男にはやらぬと豪語してまいりました。されど……かように情けないこととなり、今はわが身なきあとの娘が気がかりでなりませぬ。なにとぞ璋子様のお慈悲をたまわりたく……」

「慈悲とは？」

堀河局が話の先を促した。

「……恐れおおきことにて、申し上げるもためらいまするが……この得子を……なにとぞ帝のおそばに……」

「まこと、恐れおおきことじゃ」

堀河局があきれた。長実は崇徳帝の生母に、娘を入内させてほしいと直訴してきた。

身を縮める長実の横で、得子は他人事のような覚めた顔をして、気位の高そうな目で璋子を見ている。崇徳帝よりいくつか年長と見受けられた。

「――わかった。私から上皇様にとりなしてやろう」

璋子は優しく得子に微笑みかけた。

その夜は月が雲に覆われて暗く、雨が降りそうな気配がした。

とりなし役を引き受けた璋子は、鳥羽院に会いに部屋を訪ねた。

「長実は亡き法皇様によう仕えた男にござりまする。その働きに応えてやりとうござりまする。少しばかりやつれてはおりましたが、たいそう気品のある娘にござりまする。帝もきっと気に入りましょう。この御所にて預かっておりますゆえ明日にでもお目通りを——」

「璋子。そなたはなにゆえ……朕のもとに入内したのだ」

鳥羽院が、璋子の話の腰を折った。

璋子は少し戸惑い、十数年も昔に思いをはせた。

「……法皇様の仰せゆえにござりました。あのときは悲しゅうて、つろうて……入内して間もなく、私は悲しみのあまり寝ついてしまいました」

いったん話し始めると、思い出が堰《せき》を切ったようにあふれてきた。

「薬師にも治せず、僧の祈禱でもおさまらず……そのあげく、法皇様は陰陽師まで召し出され、大変な騒ぎになったものでござりましたね。そもそも病などではござりませなんだのに」

璋子は懐かしそうに笑い、あの日のことを思い返して声を弾ませた。

「するとあなた様が仰せになられたのです——法皇様に会うがよい、と」

(もしや、璋子は院が恋しいのではないか。七つのときより院にかわいがられ育ってきたのじゃ。いきなり義父と離れ離れとなってさびしがるのも無理はない)

鳥羽帝は璋子を大切に思うからこそ、喜ばせたかった。璋子と白河院に特殊な関係があるなどとは、疑いも抱いてはいなかった。

璋子の目が恍惚としてきた。

「あの夜、私はひさかたぶりに法皇様にお会いし、そして……存分にご寵愛をこうむりました。あれは、あなた様のおはからいにござりましょう？　なんとおやさしいお方かと思い、中宮として、あなた様の子を産む覚悟も決まったのでござりまする」

璋子はうっとりと話し、無邪気な笑みで鳥羽院を見た。

「……は……」

鳥羽院はあいた口が塞がらず、突然、大声で笑い出した。

「お前のような……お前のような女をまともに相手にした私が愚かであった。私の真心が通じぬも道理。お前は人ではない。もののけだ」

「もののけ……？」

「先の院と同じ、現に生けるもののけだ！」

つと立ち上がり、鳥羽院は憎悪に満ちた目で璋子を見下ろした。璋子がビクッと身を震わせると、鳥羽院は足音荒く出ていった。

開け放ったままの襖の向こうから、激しい雨音が聞こえてきた。


得子は廊下に立ち、暗い雨雲から降ってくる大粒の雨を見上げた。どこかで雷鳴が鳴っている。その音に耳を澄ませていると、ばしゃばしゃと水をはねる音が聞こえ、男がひとり雨の中を走ってきた。男はぬかるみに足をとられて転び、得子が見ているとも知らずに肩を震わせて笑った。鳥羽院である。

人の気配を察し、鳥羽院が顔を上げて得子に目を留めた。

「……長実の娘、か……？」

「……？　……はい」

鳥羽院は体から雨を滴らせ、得子のところに近づいていく。

得子は足がすくんで身動きがとれない。いかにも高貴な男だが、いったい何者なのだろうか。

「……私もののけの如きものになろう」

言うや否や、鳥羽院は背後の襖をあけ、得子を押し倒した。

「な……、なにをなさります」

得子は身を固くするが、鳥羽院は力任せに得子の着物を剝ぎ取ろうとした。

「……思いどおりにはさせぬ。璋子の、あの女の望むようになど決してせぬ！」

かみ砕くようにして口にした璋子の名前。得子は組み伏せられながら、この男が鳥羽院だと気がついた。

稲光が射し、鳥羽院を照らした。激しい言動とは裏腹に、底知れない悲しみをたたえた目をしている。その目を見たとき、得子は体の力を抜き、鳥羽院に身を任せた。

どれほどの時間が過ぎたのだろうか。

鳥羽院は身支度を整えながら、さほど感慨もなく、傍らで荒い息をしている得子に告げた。

「……入内はあきらめよ」

「――これで終わりにござりまするか。これでは落ちぶれた貴族の娘をひとり傷つけただけにござります」

鳥羽院が怪訝そうな目を向けた。

「上皇様にござりましょう？　あなた様は、たいそう傷つけられておいでです……あの璋子という福々しげな女によって」

「なにゆえそれを――」

「もっと汚してくださりませ。あなた様の思いを遂げるため……お役に立てる女にしてくださりませ」

「そなた……」

「得子にござります」

雷鳴がとどろいた。

凛とした口振り、語気の強さ、迷いのない目。どれをとっても、得子は毅然としている。

鳥羽院と得子は、稲妻のような光を発して互いの目を見つめ合った。


保延元（一一三五）年春。

内裏にある関白・忠通の詰所に、忠実、忠通、家成を中心に公卿たちが額を集めた。

「数年前より問題となっていた海賊騒ぎはおさまる気配もなく、とりわけ安芸《あき》、備前、阿波《あわ》といった国々においては数も凶悪さも年々増すばかりにござります」

家成が議題の口火を切った。安芸、備前、阿波は、西海に面した国々で、朝廷から任命された国司が政務をつかさどっている。

「さようなものは国司になんとかさせればよい」

忠通は、いかにも貴族の筆頭にいる公卿らしい発言をした。

「その国司らが、もはや自分たちの手には負えぬと、朝廷に泣きついてきたのです」

「……それほどに恐ろしい者どもであると申すか？」

「その件につきましては詳しく解き明かそうと申す者を呼んでおりまする。高階通憲。当世無双の博識にて、院のご信用もあつき男にござります」

廊下に通憲が現れると、何人かの公卿が素早く通憲の束帯に目を留めた。

「その緋色。殿上人ではないではないか」

「かようなる身分の者をこの間に上がらせるとは」

ちなみに、官位で三位以上が公卿と呼ばれる。

誹《そし》られた通憲は、小さくなるどころか朗々と声を張った。

「ご一同こそがこの海賊騒ぎの元凶」

公卿たちは耳を疑い、廊下にいる通憲に目を向けた。

「よい。ご説おうかがいしようではないか」

忠実の許しを得ると、通憲は妙に尊大な態度で膝を進めた。

「海賊とは海からわいて出た狂暴なる獣にあらず。もとはあなたがたに虐げられた弱き民にござります。長引く飢饉。にもかかわらず都には例年通りの米を献上せねばならず、当然のこととして民は飢える。飢えた民は盗みを働き、盗みが増えれば国は取り締まりを厳しくする。盗賊となった民はより取り締まりの手薄なところを求めるうち海に行き着く。そこには国々から都へ米を運ぶ船が頻繁に行き来している。盗賊たちはこれを襲う。かようにして海賊は世に現れ申した」

通憲はよどみなく述べ、少し息を継いだ。

「そして昨年よりのただならぬ不作の中、海賊たちは次第に密につながり合い、結び合って、西海一帯をわがものとする一大厄災に膨れ上がった次第にござりましょう」

忠通が身を乗り出した。

「……それで……このままだとどうなる」

「さようにござりまするな。やがては都に一粒の米も届かず、民はおろか、われら貴族は申すに及ばず、ついには王家までもが飢える日が来るでしょう」

公卿たちがおろおろと顔を見合わせ、ひとりの公卿から本音がこぼれた。

「なんとしてもわれらの米は守らねば！」

「それが元凶と申しておりまする」

通憲が一喝し、とうとうと自説を展開した。

「おのれのことしか考えぬ者たちによって政が行われておる。そのことへの恨みつらみ怒り悲しみ嘆きあきらめこそが、もとは漁師や百姓にすぎぬ者をして、国司の手にも負えぬ大海賊にならしめた。それを心するがよろしい」

やたらと偉そうな通憲の語り口調だが、忠実は通憲の提言を受け入れた。

「――ようわかった。早々に源氏を追討使として差し向けよう」

「それは結構。源氏が武功をあげれば、今度こそ摂関家の世を取り戻す機会となるやもしれませぬ」

同調した忠通に、通憲がまた苦言を呈した。

「さてそれがいけませぬ。かようなるときにまで権力の奪い合いにうつつをぬかしておるゆえ、とうとう、忠実に追い立てられてしまった。

「いつまでおる。さがれ」

世が乱れて」


忠実、忠通親子の思惑は、鳥羽院によってあっさりと覆された。

「追討使は平氏一門とするがよい。源氏がごとき暴れ者どもに行かせたのでは路次の国々が滅びよう。忠盛はこれまで西の国々を知行し、平氏の家人が大勢おるはずじゃ」

千載一遇の好機が奪われるのを、忠実は指をくわえて見ているわけにはいかない。一か八かの発言をした。

「忠盛の子とされておる清盛が先の院の落胤という噂は上皇様もご存じのはず。その忠盛親子を重用し続けるは、上皇様おん自ら幾重にも辱めを受けているも同じと存じ、傍で見ておりましても胸が痛うございます」

「この世にない先の院のことなど、どうでもよい。今の世を治めておるのは朕じゃ……ここは私の世だ」

いつの間にか鳥羽院は、亡き白河院の呪縛から解き放たれ、権力争いの駆け引きで忠実を圧倒した。通憲の懸念を如実に露呈し、国の一大事に直面してもなお、鳥羽院も摂関家もおのれの権力と矜持を保つことにのみ腐心していた。


同年四月八日。平氏に西海海賊追討の宣旨《せんじ》が下った。

宣旨を受け、忠盛の館に、忠正はじめ、家貞、盛康、維綱たち家人が集まった。清盛、家盛も列座している。

「こたびの海賊討伐は、これまでのようにはいかぬやもしれぬ。生きて京に帰れぬことも重々、覚悟せねばならぬ」

忠盛の話を、みな神妙な面持ちで聞いている。

「されど、困難を極めるつとめなればこそ、わしは成し遂げたい。みな、共に戦うてくれるか」

「無論にござりまする！」

家貞の気構えは頼もしい。

ほかの家人たちにも異存はなく、忠盛に預けた命を存分に役立てたいと平氏の結束を固めた。

さっと、清盛が立ち上がった。

「……俺も連れていってくださりませ！　俺はかつて、荷船を守って海賊と戦うておりました。あの荒くれ者たちをまとめ上げ、大いなる海賊一味を率いる者が現れようとは……そいつを追い詰め、そやつを討ち取る……なんとおもしろきつとめにござりましょうか。これほど俺の初陣にふさわしき仕事はござりますまい！」

清盛は紅潮し、興奮を抑えきれずにいる。

「……無論、そのつもりでおった。清盛、初陣じゃ」

清盛が武士として成長することが、忠盛にとって何よりの生きがいだ。

家盛が腰を浮かした。

「父上。兄上が参るのでしたら私も――」

「家盛は維綱とともに京に残れ。残って京を守るのだ。それは海賊討伐と同じほどに大事なつとめなのだ」

「……かしこまりましてござります」

家盛は渋々承諾したが、例によって忠正は承服しかねている。

「……ことのついでに兄上に確かめたき儀がある。清盛を討伐に連れてゆき、家盛を京に残すは、いずれ清盛を跡継ぎにしようとのお考えによるものか」

「さようなことまでは考えておらぬ」

「いや、はっきりさせねば気が済まぬ」

忠正が粘った。

そこに清盛の大音声が響いた。

「はっきりと申しまする！　俺は跡継ぎになるつもりなどござりませぬ。お疑いとあれば、このたびの海賊討伐、俺を平氏の男子として扱うていただかずとも結構。荷役でもなんでも引き受けまするぞ！」

清盛はどーんと胸を叩いた。


初夏の日差しが暖かくなった四月半ば、平氏による海賊討伐の一行が京を出立した。華々しい行列を一目見ようと、京の人たちが大勢集まっている。

清盛は夜霧に乗って行列の最後尾を進み、鱸丸は荷車を引いて清盛の傍らを行く。

為義と通清は、見物人の中に紛れて討伐隊を見送った。源氏が日の目を見る機会を逸したのは、忠盛とは目指す高みが違っていたからだ。為義の表情から、そんな諦念がうかがえる。

「通清。すまぬな。わしはお前を忠盛の郎党と同じ高みには連れてゆけぬ」

気弱なことを口にした。

とはいえ、源氏には意気軒昂な跡継ぎがいる。義朝がきりりと旅支度をきめ、軽快に馬を走らせてきた。

「父上。私は東国に参ります。東国は曾祖父・八幡太郎義家公が武名を轟《とどろ》かせたところ。その地で私も腕を磨きとうござりまする。いずれきっと再び源氏の名が世に鳴り響きましょう！」

「義朝……」

ここまで成長していたとはと、為義は感慨深い。

通清も思いは同じで、今にも落涙しそうだ。

「ついては通清。正清《まさきよ》を連れて参りたい」

義朝と連れ立って、やはり旅支度に身を包んだ鎌田正清が控えている。正清は通清の息子で、義朝には乳兄弟だ。

「正清、しかと若君にお仕えせい！」

「かしこまりましてござりまする、父上」

通清、正清、親子二代にわたる忠臣だ。

「では、参る」

義朝が馬の腹を蹴って駆け出し、正清がすぐにあとを追いかけた。二人の若武者は、東国に活路を開こうと潑剌と走り去った。

忠盛たちが海賊討伐に行き、六波羅の館は人気が少なくて静かだ。家盛は縁側に腰かけ、宗子が平五郎の襁褓《むつき》を替えるのを見ていたが、思い切って宗子の傍らに座すと姿勢を改めた。

「母上はなにゆえ――父上と夫婦になられたのですか？」

家盛が前々から、一度きちんと聞いておきたかったことだ。

唐突な質問に宗子は驚いたが、いずれは話しておくべきことだと心を決めた。

婚儀の話があった当初から、忠盛は赤子の平太を抱えていた。平太は白河院の落とし胤であり、実父・白河院によって生母・舞子の命が奪われるという悲劇を背負った子だった。そうした一切を、忠盛は宗子と初めて会った日に包み隠さず打ち明けた。

忠盛は、数奇な運命のもとに生まれた赤子の父になろうと覚悟を決めていた。それだけに、平太の母になってくれる人を妻にと望んでいた。まだ若かった宗子には無理を強いることになる。忠盛としては、宗子との縁はなかったものにするつもりだった。

「私が自分で決めたのです。平太の母になると」

「……なにゆえでござりまするか」

「……痛々しい、と思うたからです。言葉にされたことよりももっと深く、重いものを、この方は抱えている。それを誰にも言えずに生きている。かように痛々しいお方を、私は見たことがありませなんだ。殿の抱えている重さのほんの少しだけでも、私が担いたい――そう思うて。忠盛様の妻となり、平太の母となることを決めたのですよ」

宗子は平五郎を抱き上げ、優しくあやしている。

そんな宗子に、家盛は母親の持つ底知れない強さを見た。

平家一行は西海への道をたどり、緩やかな登り坂にさしかかった。忠盛たちは先に馬で進み、最後尾の清盛が振り返ると、鱸丸が汗だくになって荷車を引いている。

「代われ」

清盛は夜霧から降り、遠慮する鱸丸と強引に交代して荷車を引いた。

鱸丸はうしろに回り、下から荷車を押すことにした。

「清盛様。ありがとうございます。漁師にすぎぬ私をおそば近く置いてくださり、かようなる大事なつとめにまでお供させていただいて……ありがとうございます」

鱸丸の声には真心がこもっている。

清盛が照れてちょっと頭をかき、二人で力を合わせて荷車を進めていく。

忠盛たちは、大輪田あたりで宿営した。火を焚いて夜を過ごしていると、伊藤忠清が率いる一行が勇んで駆けつけた。

「伊勢の忠清、ただいま馳せ参じてござりまする！」

「やかましい！　静かにせぬか」

いきなり、家貞に叱られた。

「これまでの戦とは違うゆえな。安芸の海に近づくにつれ、みな不安が大きゅうなっておるのだ」

確かに、みな戦を前に、戦のあとのような疲れた顔をしている。

〈西海の海賊は、その数も、その頭目の正体もわからず、それを討伐することは、平氏の武力をもってしてもまさに命がけであった〉


忠盛が来たのを見て、忠清は急いでかしこまった。

「殿。こたびの海賊討伐、いかなる手立てを講じておいでにござりまするか」

「うむ――現地の郎党たちには出立の前より早馬を出し、船と、俵を用意させておる」

「俵？」

「海賊たちの狙いは米ゆえな」

「なるほど！　囮《おとり》ということにござりまするな。米を奪おうと船に乗り込んでくる海賊ども。それを待ち受けるはわれら伊勢平氏じゃ。海賊など烏合の衆にすぎぬ。鍛錬に鍛錬を重ねたわれらの相手ではござらぬわ！」

忠清が息巻いた。

「あの……」

鱸丸が恐る恐る口を入れた。

「こたびの戦、常々、海にて暮らす者に利のある戦になること、重々お覚悟のうえ、のぞまれるべきにござります」

「誰に申しておるのだ。われらは幾度も海賊を討伐しておるのだぞ」

「海は場所によっても時期によってもその顔を変えまする。この時期の安芸の海は、かつて討伐に行かれたどの海とも違うものとお心得になるがよろしいかと存じます」

平氏の一同に広がる不安を払拭するように、忠清はたくましい胸を張った。

「はっ！　海に暮らす者が戦上手となるならば、漁師のそなたはさぞかし強かろう」

忠清が、どんと鱸丸の体を突いた。

鱸丸はびくともしない。

一同がざわついた。忠清の力自慢はつとに知られている。

「……かかってくるがよい」

忠清は面目をつぶされて意固地になり、一触即発の異様な雰囲気だ。

とっさに清盛が鱸丸の前に出て盾となり、家貞は忠清を叱りつけた。

「よさぬか、忠清！　かようなときに」

「……申し訳ございませぬ」

いったん収まりかけた諍《いさか》いに、忠正からもの言いがついた。

「忠清が謝ることはない。悪いのはその漁師だ。事の大きさもわからず、みなの心を乱すようなことを申しおって。みなが武士として心をひとつにせねばならぬときに、漁師なんぞ、そもそもの志の違う者が口を出すでない」

「……申し訳ございませぬ」

鱸丸が手をついた。

清盛は釈然としない。忠正に何か言おうとするが、盛康がそれより先に清盛の思いを代弁した。

「忠正様。鱸丸は幼き頃より清盛様の友にございます。じゃま者であるかのようなもの言いは控えていただきとうございます」

「盛康よ。お前はそれでも平氏譜代の家人か。漁師なんぞ、ここではなく、海賊側におるが道理ぞ」

とうとう、清盛が忠正につかみかかった。

「聞き捨てならぬ!!」

忠正はつかみかかってきた清盛の腕を取り、場所を移そうと無言で促した。

憤然とした清盛と、怒りを抑えた忠正がみなから離れていく。

「清盛様!」

鱸丸が追いかけようとするのを、家貞が止めた。

「よいよい、ほうっておけ。戦までわだかまりを引きずられるよりはよい」

清盛と忠正は、荷車などが置かれた場所まで行って足を止めた。

「さあ!」

清盛はカッカしていて、殴り合いでもなんでも勝負するつもりだ。ところが忠正は、何事もなかったかのように腰を下ろすと静かに話しかけた。

「——お前は平五郎をかわいいと思うか」

忠正は、初めて清盛を見たときの話を始めた。赤子はみな、知らず知らずに人を微笑ませる。

「……されど、赤子のお前を見たとき、わしは笑えなかった。見ていて笑えぬ、まがまがしき赤子が家に来たのだ。わしにはお前が禍の種としか思えぬ。お前に流れるもののけの血が、いつか平氏に禍すると……そのことがわしは、ずっと気にかかっておるのだ。お前がまこと兄上の子なら、少しばかりやんちゃが過ぎても、かわいい甥と思うてやれただろう。それを思うと……わしとて口惜しいのだ」

淡々と語り終え、忠正は行ってしまった。

「くそーっ。くそーっ、くそーっ……なにをしておるのだ……俺は……」

清盛が悔しげにうめいた。なんの因果か白河院と白拍子の間に生まれ、疫病神のように疎まれて命さえ奪われようとした。忠盛という武士の中の武士を父とし、ようやく生きるべき道が見えてきて、初陣にふさわしい海賊討伐に名乗りを上げたばかりだ。

「こんなところまで来て……なにをしておるのだ……」

「なんでもよい」と、闇の中から声が聞こえた。清盛が周囲を見回しても誰もいない。

「なんでもよいゆえ――食わせてくれ」

再び闇から声が聞こえ、がさごそと音がして、荷車の菰《こも》から男が転がり出てきた。

清盛は火を焚き、魚を木切れにさして焼いた。男はもくもくと食べ、空腹がおさまって人心地がついたらしい。

「わが名は高階通憲。天下の大学者じゃ」

「なにゆえ荷車から転がり出てまいったのです」

「安芸の海に見たいものがあってな。されど……安芸は遠かろう？　学者の足ではしんどうてかなわぬ……それで、そなたたちに運んでもらおうと思うたのだ」

つまり通憲は、京からずっと荷車に隠れていたのだ。

「……かような要らぬ荷を運ばされておったとは——」

まさか通憲が潜んでいるとは知らず、清盛は途中にあった登り坂を鱸丸と二人で汗だくになって荷車を引いた。

通憲は魚を食べ終えた木切れで、ぴたっと荷車を指した。

「それは人が生きるということを表しておる。誰もみな、知らず知らず重き荷を背負うて生きておる、ということだ」

「どこかで聞いたような話しぶりじゃ——」

記憶をまさぐっていた清盛は、学者風の男を落とし穴から引っ張り上げたことを思い出した。

(おのれが誰なのかわからぬが道理じゃ。人は誰も生きるうちにおのれが誰なのか見つける)

「あのときの……！」

「やっと気がついたか、清盛」

「俺のことを……知って……」

「今しがたも叔父とやらにえらい言われようであったな。されど、それでもそなたは生きてゆかねばならぬ。現に生けるもののけが如きお方の血という重き荷を背負うて。そしてそれを与えられたということは、そなたにはそれだけの力があるということじゃ」

「力……？」

「さよう。その、まがまがしくも輝かしきさだめを背負うて、道を切り開き、生きてゆく力じゃ。そなたにとって、禍となるも、宝となるも、そなた次第よ」

天下の大学者は、清盛相手に一席ぶった。

安芸の穏やかな海が、陽光を浴びてきらきらと輝いている。だが波打ち際は、そんな平穏な光景とは似つかわしくない物々しさだ。何艘もの船が停泊し、家貞、盛康、忠清ら武装した男たちが引き締まった顔つきで乗り込んでいく。

忠盛はすべてを見通せる位置に陣取った。

船を出す支度がすべて整うと、異様な緊張がみなぎった。

「――では、参る」

忠盛の合図で、家貞たちを乗せた先発隊の船を、水手たちが沖へと漕ぎ出した。清盛は鱸丸の漕ぐ小船で追いかけ、ほかの船も一艘、二艘と沖へ向かっていく。

海は凪《な》いでいて、周辺には小さな島や岩場が散在しているが怪しい影はなさそうだ。

清盛が乗る小船がかすかに揺れ、静かな海にさざ波が立った。波は次第に大きくなり、ざばーんと強烈な波が立ったかと思いきや清盛の足元を揺るがした。

「わ！　な、なんだ……！」

清盛はよろける足を踏ん張り、おどろおどろしい気配を感じて視線を上げた。

見たことのない、巨大な船が現れた。

第六章　西海の海賊王

巨大な船は、先発隊の船をめがけて突っ込んできた。みなが怖気づいたのを見て取ると、家貞と盛康は大きな声で士気を奮い立たせた。

「……みな落ち着け！」

「そうじゃ！　米俵につられて奴らは現れた。こちらの思いどおりに事は運んでおるのじゃ」

浮足立っていた一同が冷静になり、持ち場に身を潜めて攻撃の時機を待った。

巨大な船が先発隊の船に横付けされ、武装した海賊たちが次々に平氏の船に飛び移ってきた。太刀を振り回して水手を脅し、積み荷に手をかけようとして仰け反った。

米俵から太刀が突き出されるとともに、待ち構えていた武士が飛び出してきた。ほかの積み荷からも次々に武士が出てきて、海賊たちに斬りかかった。

罠にはまったと気づき、海賊たちはいったん退却しようとするが、どこからか飛んできた矢に逃げ惑った。

「今ぞ、さらに射かけよ!!」

忠正が別の船で指揮を執っている。忠正の船の武士たちが無数の矢を射かけ、先発隊の船にいた海賊たちはバタバタと倒れ、ある者は海に落ちた。

海賊たちの中でも強者は、立て続けに飛んでくる矢を太刀で払いながら退却していく。

その退路を塞いで、忠清がどーんと立ちはだかった。

「われらは朝廷より命を受けて参った追討使だ。神妙に縄を受ければ命まではとらぬ。うぬらの長のもとへ案内せよ」

「……死にたくはねえ。けど、棟梁を売るつもりもねえ!!」

海賊には海賊の仁義がある。死に物狂いで戦いを挑み、応戦する忠清たちと乱闘になった。

忠盛は味方の旗色が悪くなる前にと、小船の清盛に指示を出して先発隊の船を援護させた。すぐに鱸丸が先発隊の船に鉤《かぎ》を投げて小船を寄せ、清盛が先発隊の船によじ上っていく。

這い上がった清盛を、ひとりの海賊が襲った。海賊の太刀を危うくかわした清盛は、とっさに宋剣を抜いて斬りかかった。海賊は異様な叫び声をあげて倒れ、激しい痛みにのた打ち回った。

その凄惨なさまに、清盛は呆然となった。海賊が苦し紛れに清盛の足を鷲づかみにするが、清盛は体が固まってしまって足払いひとつできない。

「清盛様！」

切羽詰まった盛康の声に、清盛がハッと振り返った。もうひとりの海賊が目の前に迫りきて、清盛を目がけて太刀を振り下ろした。

「盛康！」

清盛の前に身を挺《てい》した盛康は、声もなく凶刃に倒れた。

海賊たちが先発隊の船から退却すると、巨大な船から続けざまに火矢が射られた。先発隊の船は炎を上げて燃え広がっていく。

「退け！」

忠盛が命じ、先発隊の武士たちが、忠正の船へと避難していく。

清盛は盛康を肩に担ぎ上げ、鱸丸の船に飛び移った。


追討隊の船は日が暮れる頃浜に帰り、負傷した者たちは宿営地に寝かされた。盛康は意識がなく、清盛は片時もそばを離れずに付き添っている。

忠盛、忠正、忠清たちも心配そうに見守り、家貞が盛康の容態を確かめた。

「よう見ておくことです。恐れ、ためらっておれば、斬られる。ときにおのれが。ときにおのれの大事なものが」

清盛は頭を垂れ、ひたすら盛康の回復を祈った。

「それにしてもあの船の途方もなさときたらどうだ！」

忠清は、思い返しただけで武者震いしそうだ。

「あれは……唐船じゃ。宋の国から来た船じゃ」

忠盛の見立てに、家貞、忠清、忠正が首をひねった。

唐船は博多までしか入ることを許されておらず、西海にいるのはご法度だ。そのうえ、予想されたこととはいえ、今回の海賊たちは生半可な武士では太刀打ちできないほど訓練されていた。

忠正が難しい顔をした。

「いよいよ奴らを束ねておる者の正体がわからぬな」

忠盛たちは熱心に話し合いを重ねている。清盛は目立たないようにその場をあとにした。

波打ち際まで来ると、清盛は停泊させておいた小船に乗り込んで海へと漕ぎ出した。力の限り櫂《かい》を漕いだが小船はなかなか進まず、床から海水が浸ってきて沈んでいく。薄暗がりに目を凝らすと、底板が割れていた。

「わーっ！　わーっ！　た……助けて……」

小船もろとも海に沈み、おぼれかかった清盛の目の前を、すーっと進んでいく船がある。清盛は必死でその船につかまった。清盛の重さで船が大きく傾き、乗っていた男が悲鳴をあげた。

「なにをする！　やめぬか……やめいっ！」

清盛としても、ここで溺れるわけにはいかない。強引にその船に転がり込むと、見覚えのある男が乗っている。相手の男も、無理やり乗船してきた厚かましい男が清盛と知ってたまげた。

「んっ？　あっ、そなた！」

「通憲殿！　この船を貸してくれ」

清盛が力任せに櫂を奪い、「それはならぬ」と通憲が奪い返し、櫂の取り合いになった。

「唐船を探しておるのだ！　海賊の船だ。俺が突き止めねばならぬのだ。奴らを束ねておる男の正体を！」

「……なんじゃ。それを早よう申さぬか。申したであろう。見たいものがあってここへ来たのだ」

「唐船のことだったのか？」

「そうじゃ。早よう漕げ。そして唐船を見つけよ！」

通憲が櫂から手を放して指図した。通憲の横柄な態度に不満はあるが、唐船を見つけるという目的が一致している。清盛はそう信じてがむしゃらに櫂を漕いだ。

ところが通憲は、とてつもない計画を立てていた。

「そして宋の国に渡るのだ」

「え！」

清盛は度肝を抜かれた。

〈清盛が宋の国から来た船との出会いを果たした頃、わが父・義朝はまだ東国への旅の途中であっただろう〉


義朝と正清は馬を進め、尾張《おわり》の熱田神宮《あつたじんぐう》近くを通りかかった。道端に乞食がたくさんいる。このあたりも、長引く飢饉によって民衆は生活苦にあえいでいた。

熱田神宮は、創建されてから千年以上の歴史を持つ由緒ある神社だ。神官の長である大宮司の職は、藤原季範《すえのり》がつとめていた。

境内には、米などを貯蔵しておく蔵がある。季範は、蔵から出てきたところを盗賊一味に襲われた。

「米をよこせ」

盗賊の一人が、刀を突きつけてきた。

「これは熱田大神様にお供えする大事な……」

「うるせえ、殺されてえのか！」

脅した盗賊は、突然、背後から首根っこをつかまれ、みぞおちを一撃されて失神した。

「いかに飢えたとて、神のものを掠《かす》め取ろうとは見下げ果てた奴らよ」

義朝はこのまま捨て置けなくなり、正清ともども盗賊の残党を討ち倒した。

危機一髪のところで難を逃れた季範は、義朝と正清を神宮内の一室に招いて丁寧に礼を述べると、大宮司という自分の立場を明らかにした。

それを受けて、正清が義朝を季範に介した。

「こちらは源義朝様。名高き八幡太郎義家公の御曽孫にあたられるお方にござりまする」

「なるほど、お強いわけでござりまするな――この神宮は草薙剣をご神体としておりまする」

熱田神宮にまつられた草薙の剣とは、皇位のしるしとして伝えられてきた三種の神器（鏡、玉、剣）のひとつだ。

「ここで義朝様にお会いできたのも剣の結びたもうた縁やもしれませぬ。どうぞお見知りおきくださりませ」

季範は腰を低くして挨拶し、ふと義朝の背後に視線を送った。義朝が振り返ると、柱の陰から、なかなか見目麗しいおなごが義朝を見ている。季範の三女・由良《ゆら》で、気位の高そうな目が印象的だ。

「そこでなにをしておる。こちらは源氏の若君様だ。危ういところを助けていただいたのだよ」

「なんだ。源氏なの。名高い平氏ではありませんのね。おもしろうないこと」

「これ！　由良」

由良の無遠慮な発言に、季範が慌てた。

義朝もまた、つんけんした由良に不快感をあらわにした。

「おい。そこの醜い女」

「だ……誰に向かって申しておるのです」

由良が、整った眉を上げた。

「心根が醜いと申しておる。人を見下した物言いをすることが、女人の格を上げるとでも思うておるのだろうが。父親に恥をかかせるような女の心根がろくなものであるわけがない」

義朝によくよく諭され、由良は反論できずに恨めしげな目で睨んだ。

後年、由良は義朝と深い縁で結ばれ、頼朝の母となる。


〈きっとこのときから、わが母の心は、父のとりこになっていたに違いない〉


京の鳥羽院御所の廊下を、璋子が堀河局らを従えて歩いていく。前方からは、得子が女房たちを引き連れて歩いてくる。璋子と得子は、廊下の真ん中で鉢合わせした。どちらかが道を譲らなければ通れないが、どちらも譲ろうとしない。

先に道を開けたのは、璋子だった。堀河局は不本意だ。得子はこのところ璋子に対して礼を失した態度が目にあまり、せんだっては、鳥羽院と璋子が乗るはずの輿《こし》に得子が割り込んで乗ってしまった。得子の節操のなさを、鳥羽院が容認していることも気にかかっている。

得子はいつとはなく気品を身につけ、勝ち誇ったように璋子の前を通り過ぎていく。

「ややが、できました。上皇様のお子にござります」

すれちがいざま、得子が自分のおなかに手を触れた。

「……さようにござりますか。おつとめごくろうさまにござります」

璋子にとって、得子が子を産むのはつとめにすぎず、嫉妬も敗北も感じようがない。

得子には、勝利の美酒が手からこぼれ落ちたような口惜しさが残った。


「――と、かようなことがあったのです。これはほんとうは秘め事なのですけれど、あなたにだけお話ししましょう」

閨の中で、堀河局は寝物語に話しながら、隣の男にぴったりと体を寄せた。

「璋子様は先の院によって育てられたの……心も、体も」

「――なるほど。それでわかった。璋子様のからっぽな目のわけが」

義清の声が応じた。

「からっぽな目……？」

「そもそも、心がからっぽなのだ。あなたも気がついておいでだったのでしょう？」

「……まさか、そんな、まあ、薄々は……い、いえ、されど、それではあまりに璋子様が……」

「しかし、得子様が現れて、あなたも穏やかではないでしょう」

義清が持って回った言い方をするので、堀河局がやきもきした。

「得子様の女房に乗り換えようとしているの？」

「さあ。どうかな。まだわからないでしょう。これから先の宮中を牛耳るは、璋子様か、得子様か」

義清は、なだめるように堀河局に寄り添った。

「今はまだ、あなたと歌を交わし合っていたい」


安芸の海に漕ぎ出した清盛と通憲は、まだ唐船の発見に至ってはいない。それでも、二人きりで時を過ごしているせいか、通憲が自分のことを語り始めた。

藤原南家という学者の家系に生まれた通憲は、幼い頃から学問が好きで、国一番と自負する高い知識を得るまでになった。ところが、訳あって高階家の養子となったがために、出世の道を閉ざされてしまったという。

「自分よりはるかにものを知らぬ愚かな公卿たちに見下され、生きてゆくしかないのだ」

「ええい、腹立たしい！　学者も武士も官位こそあれ低い身分にすぎぬ。位高き公卿どもに虐げられ、蔑まれ……なにゆえこの国のしくみは、かようにおもしろうないのだ」

清盛が憤慨した。

「まさにそれこそが、私が宋に渡りたいと申したわけじゃ。かの国では、人を生まれではなく、才をもってはかり、百姓であろうと商人であろうと、いくらでも高い位に取り立てるというすばらしきしくみがある」

通憲はまるで見てきたかのように、宋とは、詩歌、管弦、学問、技芸、すべてが花開く、豊かで、きらびやかで、美しき国だと言って目を輝かせた。

「私は私の才を世に活かしたい。この国ではかなわぬことならば、宋国において――」

「参ろう！　今すぐに。このまま宋に渡ろうぞ」

感激した清盛が、櫂を振り回してばしゃばしゃと船を漕ぎ始めた。

通憲は、清盛の単純すぎる思考回路にあきれた。

「ばかもの、たどり着く前に飢え死にしてしまうわ」

なにぶん、まだ瀬戸の海にいるのだ。滑ったの転んだのと話していると、突然、岩陰から現れた怪しげな男たちが二人の船に飛び乗ってきた。

清盛と通憲は声をあげる暇もなく殴られ、気を失って船底に倒れた。


ぼんやりと意識が戻ってきて、清盛はうすく目をあけた。言語らしきが妙な発音が聞こえ、少しずつ視界が開いてきた。美しい陶磁器、宝物などで仕立てられた玉座など、一見して値打ちものとわかる大量の積み荷がところせましと置かれている。

妙な言葉は、風変わりな衣装を着た若い男女の話し声だ。若い男のそばにある宋剣が、清盛の目に入った。

「……俺の剣！」

立ち上がろうとしたが、身動きがとれない。清盛は体を縛られて、床に転がされていた。

若い男は宋剣を手に双六をしていて、清盛が目を覚ましたのを見て妙な言語を投げかけた。

清盛は何を言われているのかわからない。

「大事ないかと尋ねておるのだ」

「通憲殿！」

通訳したのは、清盛同様に縛られ、床に転がっている通憲だ。驚いたことに、通憲は妙な言語を自在にあやつり、若い男女と何やら話し合っている。

驚いている清盛に、通憲が説明した。ここは唐船の船蔵だ。若い男女は宋人で、棟梁に命じられて仕方なく手荒な真似をしたという。通憲が名前を聞くと、二人が兄妹で、兄の名は春夜《しゅんや》、妹は桃李《とうり》だと素直に名乗った。

通憲は兄弟の名前に感銘を受けたらしい。二人と流暢な宋の言語で会話した。

「おお……春夜宴桃李園序。夫天地者萬物之逆旅、光陰者百代之過客、にござりまするな」

「李白《りはく》先生の詩をそらんじておいでですか！」

春夜が感激した。

李白は宋の国がまだ唐と呼ばれていた頃の詩人で、詩仙と称せられたほどの人物だ。

清盛の頭上で物音がした。ぎょっとして見上げると、大きな図体の男が降りてくる。

春夜が何か宋語を言い、慌てて畏《かしこ》まった。

通憲が小声で清盛に伝えた。

「そなたの探しておった男じゃ」

「えっ……海賊の棟梁か!!」

棟梁はずんずんと歩いてきて、春夜が差し出した宋剣を手にし、使い心地を試すように一振りした。それだけで十分に迫力がある。

棟梁が、ギロッと清盛と通憲を睨んだ。

「やっぱり追討使のもんか」

意外なことに、唐船の棟梁は日本人らしい。まずは通憲に目をやり、次に清盛を見た。

「お前は、宋の言葉ができるようやな。お前は……ええ体しとる。まあ、ふたりとも使い道はありそうや。生かしといたる」

どうやら棟梁の裁量ひとつで、捕らえられた者の扱い方が決まるらしい。

「おい。そなたは、いったい何者なのだ」

大胆にも清盛が質問すると、棟梁はこれ見よがしに宋剣を手にした。

「立場わかってんのか。お前が俺の聞くことに答えんかい。追討使はなんぼほど来てんねん。誰が大将や。お前はなんでこんなもん持ってんねん？」

清盛は棟梁を見据え、顔色ひとつ変えずにブチブチと手首を縛った縄を切った。

「うわ!!　しっかり縛っとかんかい」

棟梁が春夜を叱りつけた。妹の桃李には甘い顔をして、やに下がっている。

その隙に、清盛は素早く双六に手を伸ばし、賽を二つ手にとって差し出した。

「賭けをしようぞ！　負けた方が勝った方の知りたいことに答えるのじゃ」

これには棟梁が鼻で笑った。

「それは賭けになっておらぬ。そなたは囚《とら》われの身ぞ」

「ならばなにも話さぬ。俺をかばった乳父が大けがをしておるのだ。たとえ拷問されようとも、断じて追討使に不利になることは話さぬ。応じられぬなら今すぐ殺すがよい！」

「……お前アホやろ――けど。俺も賭けは嫌いやない」

棟梁が清盛の手から賽を一つとり、清盛と棟梁は同時に賽を振った。二つの賽は転がって、棟梁の賽に四が出た。清盛の賽の目は三だ。

「へっ」

棟梁が笑った。その直後、船が揺れて賽がもうひと転がりした。棟梁の賽が一、清盛の賽は二で止まっている。

「へっ」

運を引き寄せた清盛が笑った。


棟梁に連れられ、清盛と通憲は船蔵から甲板に出た。強い海風が吹いている。船は風に帆をはためかせて進み、広い船上を大勢の海賊や宋人が悠々と動き回っている。

清盛は初めて見る光景に目を疑った。

「なにゆえこの船は帆だけで進んでおるのじゃ！」

この頃の和船は、水手が櫂や櫓を漕いで動かしていた。唐船は見るもの聞くものすべてが物珍しく、清盛は甲板をうろつき回った。

「あんまりちょろちょろすんな」

棟梁が清盛を目で呼び、話がしやすそうな場所を選んで宋剣を突き立てた。

「俺の名前は兎丸や」

「兎丸？　ずいぶんとかわいらしいな」

「もともとは都のつまらん盗賊やった。けど都は取り締まりが厳しなって、海で盗みするようになったんや。いろんな連中がおったわ。食い詰めた商人。食い詰めた漁師。食い詰めた百姓」

「食い詰めてばっかりではないか」

「そやから強いんや。陸では居場所ののうなった連中やけど、大した奴らやで」

猟師だった者は足腰が強いので力仕事に役立ち、複雑な瀬戸の海に詳しい元漁師には方向指示を任せるなど、兎丸はそれぞれが力を発揮できる働き場所を与えていた。

「この唐船を操っておるのは？」

清盛は操舵手に目を留めながら聞いた。

「あれは宋人じゃ。この船もろとも、さらってきた。ほとんどは解放したけどな。残ってる宋人は、俺の考えをおもしろがってる奴らや」

そう言うと、兎丸は鼻を膨らませて宣言した。

「俺は海賊王になる。今は都の帝さんが、この国の王さんや。王さんがえらい。王さんに義がある。そやから、王さんのいやがる俺ら海賊は悪、いうことになる。けど、海賊の俺が王さんになったら？」

清盛は少し考え、はたと閃めいた。

「……義と悪が引っくり返る！」

「そういうこっちゃ！　海賊王兎丸がこの国の義となり、民を虐げる王家が悪となる――っちゅう寸法や」

「……おもしろい！　そなたとは気が合いそうじゃ」

そう言うなり、清盛が兎丸の手をとった。

兎丸はついつい乗せられそうになり、すんでのところで清盛の手を振り払った。

それにしても、海賊王などと途方もない夢を、兎丸はどうして抱くようになったのだろうか。

「……お父が生きていたら、おんなじことしてたと思う。俺のお父は朧月いうてな。都にその名を轟かせた盗賊やった。ぎょうさん手下従えて、えらいさんの家から盗んで、貧しいもんに与えてた……自慢のお父やった。けど俺が八つのときに、斬り殺されてしもた……平忠盛ていう、王家の犬に」

清盛は心の中で、「あっ！」と叫んだ。もう十年ほど前になろうか。まだ元服前の清盛は、京の町で商人たちに追われていた少年と出会った。

（俺のお父は朧月いう盗賊で、忠盛に斬り殺されたんや……だいたいお前かてそうやないか。王家に取り入るために、忠盛が法皇さんからもらい受けた子なんやろ？）

あそこで出生の秘密を暴かれたことが、清盛の人生に大きな波紋を投じた。それを思い出し、清盛は兎丸の胸倉をつかんだ。

「お前か！　俺が父上の……平忠盛の子ではないと吹き込んだ……あのときの盗人か!!　お前のせいであれから俺がどれだけ……どれだけ！」

「ほな、追討使いうのは平忠盛の一党か！」

兎丸が清盛の胸倉をつかみ返し、次の瞬間清盛は不覚の一撃を受けた。

「……おもしろい」

昏倒した清盛を見下ろし、兎丸が言い捨てた。

平氏の宿営地がある浜では、清盛がいなくなったと大騒ぎになっていた。前日の夕方目撃されたきり姿が消え、日が高くなっても戻らず、とうとう小一日が過ぎようとしている。

忠盛や家貞たちが探し回っていたとき、どこからか矢文が放たれて浜の大木にささった。海上を一艘の船が去っていく。

「ガキは預かった。返してほしかったら明日の午の刻、ひとりで沖に出てこい」

忠盛あての文には、そう書かれていた。午の刻はちょうど昼くらいだ。

夜、宿営地に主だった者たちが集まり、どう対処すべきかが話し合われた。

忠正は頭から反対を唱えた。

「断じて海賊に応じてはならぬ。大将たる兄上の身に何かあれば、この追討使は失敗ということぞ。平氏一門は終わりということぞ！」

「わかっておる……」

忠盛は自分に言い聞かせ、この場を立ち去った。忠盛の顔が苦渋に満ちていて、忠正はやりきれない。

「……ああ。清盛め。どこまで平氏の厄介者なのじゃ！」

「……まこと、後先をお考えになりませぬなあ――清盛様は」

みなが驚いて声の方向を見た。盛康が弱々しく微笑んでいる。

「されど。それが清盛様にござります。清盛様は……きっと私のために。この至らぬ乳父の私のために……後先考えず、正体の知れぬ海賊のもとへ……」

盛康の頬を涙がつたった。

忠正が見当をつけたとおり、忠盛は波打ち際で夜の海を見ていた。この暗い海のどこかに、清盛が捕らわれている。清盛を憂慮する父か、一門を率いる棟梁か。どちらを優先させるべきか、忠盛が苦悩しているのが忠正には一目瞭然だった。

「――わしが行く。海賊が兄上の顔を見知っているわけではあるまい。わしは清盛などおらぬほうがよいと思うておる。しかし兄上にはなくてはならぬのであろう？　まったく、世話が焼けるわい」

つっけんどんに言った忠正に、忠清の声が答えた。

「みなで参りましょう！」

忠盛と忠正が振り返ると、忠清が目に涙を潤ませて立っている。

「殿も、忠正様も、おひとりで行くことはありませぬ。みなで海賊を攻めましょう！」

「ばかもの。それでは清盛様が殺されてしまうわ」

家貞が来て、忠清を叱りつけた。

「ですから、夜明けとともに攻めるのです。敵の不意を衝く！　それよりほかに勝機はございませぬ」

忠清の作戦だが、夜明けに攻撃するには暗闇に船を沖まで進めなくてはならず、しかも瀬戸の海は潮の流れが速く操舵が難しい。清盛を助けるどころか、自分たちの命取りになりかねない。

砂を踏む足音がして、鱸丸を先頭に、国松、時松、蝉松と何人もの漁師たちがやってきた。

「忠盛様！　清盛様とともに海賊の警固役をしておった漁師たちにござりまする。闇夜の海にもお役に立てましょう」

忠盛が大きく頷いた。

「……生きるも死ぬももろとも。それが平氏の強さであったな」


清盛は縄が切れないよう厳重に縛られ、通憲と一緒に甲板の帆柱の脇に転がっていた。

「王家の忠犬、忠盛を叩きのめす！　義と悪が引っくり返る。海賊王、兎丸がこの国の王さんやいうことを、忠盛も王家も思い知るんや！」

兎丸は威勢がいい。なにせ、清盛という切り札を握っている。

「――無理じゃ。お前は海賊王になどなれぬ」

憎まれ口を叩いた清盛を、兎丸は帆柱につるし上げた。

「待っとけ。忠盛が来たら目の前でお前を殺したる！」

「……父上は来ぬ。こたびのことは平氏にとって大事なつとめだ。俺ひとりの命と引きかえにできるものではない」

清盛が冷静でいる分、兎丸は頭に血がのぼっていく。

「そんときはお前の首を帆柱にぶら下げて、こっちから攻めるまでや」

その夜、通憲は縄を解こうとひとしきりあがいてみたが、どうにもならずに夜明け頃にはぐったりしてしまった。絶望的になり、弱々しく宋語でつぶやいた。

「……春夜宴桃李園序。夫天地者萬物之逆旅、光陰者百代之過客……」

「……だから、なんなのだ、それは」

清盛がつるされたままの状態で聞いた。

「唐代の詩人、李白の詩だ。人生ははかないものである。すぐに過ぎてしまう。それゆえにこそ、今という時をおおいに楽しもう……春の絢爛たる宴のさまになぞらえて、おのれの生をあるがままに謳歌しようぞ、とうたっておる」

「……どこかで……聞いた気がする……遠い昔に……」

清盛は記憶の奥深くから、ぼんやりとよみがえる歌声に耳を傾けた。

（……へ遊びをせんとや生まれけむ……戯れせんとや生まれけん……遊ぶ子どもの声聞けば……わが身さへこそ動がるれ……）

通憲は李白の詩になぞらえて、おのれの不運を嘆いた。

「かようなところでわが人生は終わってしまうのか。唐船に乗りながら、宋へ渡ることもかなわず、生を謳歌できぬまま……ここで……」

清盛が、がばっと顔を上げた。何か異変が起きようとしている。

船蔵では、兎丸が桃李に酒を注がせ、春夜と双六を楽しんでいた。兎丸が賽を振った。賽は双六盤を転がり、床に落ちてころころとどこまでも転がっていく。兎丸がハッと気づいた。船が大きく傾いている。

夜陰にまぎれて唐船に近づいた忠清ら平氏の武士たちが、甲板に鉤を投げてわれ先にと乗り移っていく。海賊たちは寝込みを襲われて騒然となった。もたもたしている間に、唐船は火矢の餌食になった。

船蔵から出てきた兎丸は、奇襲されたと知って怒り心頭に発した。

「くそっ。みな起きい！　王家の犬どもを叩きのめしたれ！」

海賊たちが体勢を立て直すに従い、攻め込む平氏との戦いが混戦状態になった。

清盛は縛られたままで帆柱の上から動けず、戦況にはらはらしている。

兎丸が、清盛を見上げた。

「射殺せー！」

清盛を狙い、海賊たちがきりきりと弓矢を絞った。間一髪、忠正が間に合って、矢が放たれる前に射手を叩き斬った。

「叔父上……！　なにゆえ……」

「ふん！」

清盛に構っている暇はないとばかりに、忠正は攻撃が手薄そうな味方の助太刀に行った。

家貞が来て帆柱の周囲の敵をやっつけ、鱸丸が帆柱によじのぼって清盛の縄を切った。

「われら平氏ゆえにござりまする！」

甲板の床に落ちた清盛は、突き立てられたままの宋剣を引き抜くと、海賊たちをなぎ倒しながら兎丸の姿を求めて走り出した。

通憲は帆柱の脇に隠れ、清盛の鮮やかな戦いぶりに目を見張っていた。

忠盛は見事な太刀さばきで海賊たちを倒しながら、甲板を先へ先へと進んだ。

「この海賊の棟梁はどこにおる！　平忠盛が参ったぞ！」

「奇襲とは、なめた真似しくさって」

背後の声に忠盛が振り返ると、大柄な男が殺意を身にまとって突っ立っている。

「どんだけ民を苦しめたら気ぃ済むんや。あいかわらずの……王家の犬が！」

兎丸は跳躍し、忠盛の上から太刀を振り下ろした。忠盛がかわし、二人はもつれ合いながら船蔵に転がり落ちた。

「よう聞け……お前らが人を斬んのは――俺らがものを盗むんとおんなじや！」

兎丸が吠えた。

同じ言葉を、忠盛は聞いた記憶がある。かつて盗賊退治をした荒れ果てた神社の社殿だった。

（憶えておくがよい。お前が人を斬るは、俺が盗みを働くと同じことじゃ）

盗賊の棟梁は、今わの際に言い残した。

数日後、同じ神社の境内で、父親を探して泣きわめく男の子を見かけ、忠盛は苦い思いをのみ下した。

「朧月の子か……！」

「お父の仇ーっ！」

兎丸の太刀がうなった。積年の恨みが気迫になって忠盛を追い詰めていく。兎丸に手応えがあり、忠盛の肩が斬られて赤く染まった。兎丸は異様な笑みを浮かべ、止めの一撃を加えようとした。その刹那、振り上げた兎丸の太刀がはじき飛ばされた。

清盛だ。激しい斬り合いを制してここまで来て、荒い息遣いをしている。

「騒ぎに乗じて敵討ちとは情けない奴だ。朧月の兎丸なら、餅でもついておれ！」

「このガキ……!!」

兎丸は素早く別の太刀を手にし、気炎を吐いて清盛に戦いを挑んだ。

「お父は悪なんかやない……お父は義やった。強うて優しい、立派な男やった！　俺がわからしたるんや。お父は正しかったて。王家にも王家の犬にも、俺がわからしたるんや!!」

兎丸の凄まじい攻撃を必死で受け、清盛は反撃に転じた。

「俺こそお前のせいで父を失うた！　あのとき、お前さえ余計なことを言わねば……俺は今でも、何の迷いもなく父上の子でおれたのだ。当たり前の武士でおれたのだ！」

この十年、煩悶し続けた苦しみをぶつけるように、清盛は宋剣を持つ手に力をこめた。

甲板は平氏に制圧され、海賊たちが一人ずつ捕縛されていく。清盛と兎丸は鍔迫り合いを繰り返しながら、入り乱れて船蔵から甲板へと出た。

「清盛様！」

加勢しようとした家貞を、忠盛が止めた。

清盛と兎丸は、気迫と気迫をぶつけ合って接戦を演じている。

「お前のせいで、俺は……自分が誰なのかわからなくなり。迷うて、苦しんで、この世のあらゆるものを恨んで、厄介者になって……なにゆえ生きておるのかさえわからず、ふらふらと無頼の生き方をしておった」

「知ったことか」

「けど、こんな俺のために、みなが命がけで来てくれた……こんな俺のために……！　くそーっ、くそーっ、くそーっ、俺は誰なんだ！　誰でもよい。人はみな生きるうちにおのれを見つける！」

「なに言うてんねん……！」

今や、清盛は、おのれと闘っている。

「教えてやる……なにゆえ俺がこの剣を持っておるか。俺は武士だからだ。血はつながらずとも、平氏の男だからだ！　今ここでそれを知るために、俺はあの日、あの海で、この剣と——出会うたのだ！」

「……へっ」

おのれに打ち勝った清盛が、兎丸の太刀を宋剣ではじき飛ばした。

投げやりになった兎丸を、忠盛が命じて捕縛させようとした。

「お待ちくださりませ！　この男の処分、私に任せてはいただけませぬか」

清盛の目が真摯な思いを告げている。忠盛はじっと見据え、重々しく頷いた。

兎丸は開き直っている。清盛はそんな兎丸の前に立った。

「お前は、俺だ。兎丸。父を失うた悲しみを抱え、乗り越え、このおもしろうもない世を、おもしろう生きようとあがいておる男だ。ともに生きてはくれぬか。平氏のもとでなら、いつの日か、もっとおもしろきことができるはずだ……それでこそ朧月の義を証せるはずだ」

平氏の面々がざわついたが、清盛は構わずに続けた。

「お前の命、仲間の命ともども、われら平氏に預けよ！」

「……俺に餅つけて言うんか？　王家の犬の一門のために」

「王家の犬では終わらぬ！」

「……お前アホやろ。けど……俺も賭けは嫌いやない。お前のアホさ加減に、賭けたってもええ」

朝の光が甲板を照らし、宋剣がきらめいた。陽光の中で、清盛が輝いていた。


京に帰った忠盛たち追討使の一行は、保延元（一一三五）年八月、捕らえた海賊たちおよそ七十人を引き連れ、初秋の柔らかな日が差す朱雀大路を凱旋した。後日談では、海賊たちの多くは検非違使に差し出されることなく、それぞれが持つ知恵や能力を生かす道を与えられたという。朱雀大路にはそぞろ歩く人たちが大勢出て、世間をにぎわせた海賊を討伐した平氏一門の凱旋見物としゃれこんだ。

真っ黒に日焼けした精悍な武士たちが馬で進み、寝かされたまま運ばれているのは盛康だ。兎丸は縛られた状態で馬に揺られ、不敵な笑みで周囲を睥睨《へいげい》した。

通憲は荷車に悠々と腰かけ、鱸丸は背筋を伸ばして堂々と歩いた。

「あれが平氏の御曹司だそうにござりますよ」

見物人の声を聞きつけ、ひとりの少女が人々をかき分けて前に出てきた。平時信《ときのぶ》の娘・時子《ときこ》だ。

「どの方？」

時子は誰ともなしに尋ね、みなが指さす先を見た。得意げな顔をした薄汚い風体の男がいる。清盛は真っ黒い顔に真っ白い歯を見せて笑っていた。

「……なにあれ」

時子は露骨にがっかりした。

だが、この賑々しい凱旋は、平氏が貴族の世に武士の力を見せつけるに十分効果的だった。

第七章　光らない君

『日もいと長きにつれづれなれば、夕暮れのいたうかすみたるに紛れて、かの小柴のもとに立ち出でたまふ……清げなるおとな二人ばかり、さては童べぞ出で入り遊ぶ。中に十ばかりにやあらむと見えて、白き衣、山吹などのなえたる着て、走り来る女子、あまた見えつる子どもに似るべうもあらず、いみじく生ひ先見えて、うつくしげなる容貌なり……雀の子を犬君が逃がしつる。伏籠の中にこめたりつるものを。とて、いと口惜しと思へり』

時子はうっとりと『源氏物語』を閉じた。「若紫」の巻である。

「ああ……これが光源氏《ひかるげんじ》と紫の上《むらさきのうえ》の出会いなのね。閉じ込めておいた雀の子が、籠から逃げてしまった。これはお告げなのですね。幼い紫の上の、まだ胸の奥の奥に閉じ込めてある、人を恋うる心が、やがてぱあーっと飛び出すときがくることの！」

時子は王朝文学にあこがれ、恋に恋する十歳の乙女だ。父は平時信で、家格は中流階級の貴族といったところだろう。

この日は琵琶《びわ》のお稽古日だ。時子が侍女と通りを歩いていると、雀が地面に降りてきた。時子は市女笠《いちめがさ》を脱いで手にとり、抜き足差し足で雀に近づいていく。あと少し――。

突然、黒毛の馬が駆けてきて、雀が飛び立ってしまった。「あっ!!」と叫んだ時子の声に、男が馬を止めて振り返った。

「もう！　雀が飛んでいってしもうたではないですか！」

時子がむくれた。

「おおー。雀の子、あんなに急いでどこへ行く。腹は痛いし、かわやは遠し」

男は飛んでいく雀を目で追うと、品のない歌もどきを詠んで走り去った。馬は夜霧、風情のない男は清盛。これが、清盛と時子が初めて交わした会話だった。


〈ときに清盛十八歳。紫の上と出会ったときの光源氏と同じ年である〉


海賊討伐を終え、無事に六波羅の館に帰った忠盛は、広間に平氏一門を集めてそれぞれの功労を称え、ねぎらった。

「われらは海賊との戦に勝った……だが、そのためにあたら多くの者を失うた。わが腹心にして清盛の乳父・盛康も、凱旋までようこらえてくれたが……無念である。失うた者たちの命のうえに、ますますの平氏の繁栄を築いてゆく。それがこれより先の、われらの使命と心得よ」

忠盛の訓示を、一同は神妙な面持ちで聞いた。

「兄上。ぜひ海賊討伐のお話を聞かせてくださりませ」

留守居役だった家盛が、清盛と歩調を合わせて廊下を行くと、庭に人相の悪い男たちがたむろしている。兎丸とその手下だった豊藤太《ぶとうだ》、荒丹波《あらたんば》、麒麟太夫《きりんたゆう》で、少し前までは海賊とその棟梁だが、今はれっきとした清盛の郎党たちだ。

とはいえ、兎丸がチラッと見ただけで、家盛はギロッと睨まれた気がする。

「家盛。俺はやはり平氏のはみだし者なのだ。かつてのように、世をすねた思いではない。はみだし者ゆえにこそ、ささいなことに執着せず、一門のためにできることがある……ような気がするのだ！」

清盛はそんなことを明るく語り、鱸丸と兎丸たちを引き連れて町に繰り出した。

兎丸には久しぶりの京の町だが、市井は相変わらず荒廃している。それどころか、兎丸が海に出ている間に一層ひどくなり、貧富の差が広がるばかりに感じられる。

「お前ら、どんな汚いことしてんねん？　俺らを渡さへんために、検非違使に相当な賂《まいない》渡してるはずや。どないして平氏はそない財をためこんだんや？　位も家格もえらい上がってるようやし。まっとうにやってきたとはどうも思えん」

「口を慎め。父上には父上のお考えがあるのだ」

清盛が戒めた。忠盛の寛大さで、兎丸たちは新たな人生の出発点に立てたのだ。

神社の前まで来ると、兎丸が立ち止まって破れ門を見上げた。

「――ここはお父の隠れ家やった」

ここが朧月の最期の場所なのかと、清盛の胸には迫るものがある。

だが兎丸にとっては、感傷的になって終わらせるわけにはいかない。

「ここでお父は忠盛に斬られた……ほんまに証す気ぃあんねやろな……お父の義を。もしも、自分ら平氏がのし上がることだけ考えてんのやったら、俺は許さんぞ。いつでも殺したる……お前も、忠盛も」

恫喝に近い兎丸の言いざまに、鱸丸はそれとなくいざというときに備えた。

「……無論、そのときはそうするがよい！　俺についてきたことを決して悔やませはせぬ。見ていてくれ！」

清盛はしっかりと兎丸を受け止めた。猛獣を懐に囲い込んだのだ。


そうはいっても、鱸丸は清盛が少々危なっかしい。

「まことによろしいのでござりまするか。志あるおもしろき男とはいえ、盛康様のお命を奪った海賊の棟梁を郎党になさるなど」

「鱸丸。平氏はもともと、厄介な生まれの俺を受け入れてくれた一門ぞ。そして盛康はそんな俺の乳父を自ら買って出てくれた男だ」

清盛は部屋で包みを開きながら話し、庭に控えている鱸丸を部屋に呼んだ。

「上がれ」

「は。いえ、とんでもない」

「よいから上がれ！」

「……では、失礼つかまつります」

鱸丸が遠慮がちに上がると、清盛は開いた包みを差し出した。中に、武士の装束が一式ある。

「亡《の》うなる直前、盛康に頼んだ……鱸丸を養子にしてやってほしいと」

盛康は瀕死の状態で六波羅に帰った。清盛は臥した盛康に付き添い、鱸丸のことを頼むと、盛康は快く承諾した。

（それは……うれしきことにござりまする……。子のない私に、鱸丸の如きよき男子ができるとは）

（……名をつけてやってくれ）

（……では、盛国《もりくに》と）

そればかりか盛康は、鱸丸のために武士の装束まで用意した。それが、今、鱸丸の前にある装束だ。それでも、鱸丸は逡巡した。

「そんな。私などが平の姓を……それも、盛康様の子を名乗るなど」

「名乗ろうと名乗るまいと、お前はとうの昔に俺の身内だ。だが、元は漁師だからと、お前があれこれ言われるのは俺が我慢ならん。胸を張って俺に仕え、俺を支えよ。盛国」

清盛が装束を手にとり、鱸丸の肩に羽織った。

「……はい。殿」

鱸丸は、こぼれ落ちそうな涙を必死でこらえた。以後、鱸丸は平盛国と名乗ることになる。

鳥羽院の名指しで西海に赴いた忠盛は、海賊追討を遂行した旨の報告をするために鳥羽院御所を訪れた。この時点で忠盛の位は正四位下だ。鳥羽院が平氏の活躍を高く評価し、忠盛の官位が上がって三位に叙せられれば、武士として初めての公卿が誕生する。これまで不快な思いをさせられた公卿たちを見返す日も遠くはないだろう。

忠盛が平伏して待っていると、鳥羽院が部屋に入ってきて言葉をかけた。

「そちの働きに対し、褒美をつかわす。が、こたびは子の清盛に譲るがよい。清盛に従四位下の位を授ける」

「……謹んで承りましてござりまする」

忠盛は喉まで出かかった思いをのみこんだ。これまで着実に地歩を築いてきたが、公卿の鼻を明かすのは次の機会に持ち越されそうだ。

数日後、清盛は正装して鳥羽院御所を訪れ、鳥羽院に官位昇進の礼を申し述べた。挨拶を済ませると緊張がほどけ、廊下を歩きながら衣装の首のあたりを緩めた。

前方から、忠実が来る。忠盛に舞いを舞わせ、笑い者にしようと企んだ張本人だ。清盛は渋々頭を下げた。

「平忠盛が子、清盛にござりまする」

「……ほーう。いずこの公達かと思いきや」

「父の海賊退治の恩賞の譲りを受け、院にご挨拶を」

「ああ。あの、これ見よがしの凱旋行列のう。あの手この手でのし上がろうと、精の出ることじゃ……だがせいぜいここまでと心得よ。そなたに恩賞を譲らせたことを見ても、院が忠盛を公卿に取り立てるお気がさらさらないは明らか。武士はどこまでいっても、王家の犬ということよ」

忠実は嫌味を並べ立てて立ち去った。

清盛はやるせない気分におちいった。命がけで海賊を退治しても、武士の地位は犬扱いだ。

盛国は鳥羽院御所の庭に控え、清盛が目通りを終えるのを待っていた。雨がぽつりぽつりと降り始めた頃、御所内から清盛が出てきてふっと空を見上げた。

「雨が強くなりそうだ。戻ろう」

町を馬で進むうちに、雨は次第に本降りになった。薄暗くなった通りを、清盛と盛国が帰路を急いでいると、笠をかぶった二人組が歩いてくる。一人は包みを抱えた男で、ぬかるみに足をとられて転んだ。もう一人が助け起こそうとするが、こちらも体勢を崩して転んでしまった。

清盛たちはすぐに馬を降り、転んだ二人組に駆け寄った。

「大事ないか」

「かたじけのうござりまする」

清盛は先に転んだほうを助け起こして盛国に託し、もう一人のほうに手を伸ばした。

「さあ」

ためらいがちに差し出されたのは、白く細い女の指だ。清盛は驚きと戸惑いを覚えながら、その白い手をとって立ち上がらせた。雨の滴る笠の下から、澄んだ瞳がのぞいている。清盛はその目に吸い寄せられた。

清盛と盛国は、二人を家まで送り届けた。

「ご親切いたみいりましてござります。私はこの家の主にて、高階基章《もとあき》と申す者にござりまする。これはわが娘・明子《あきこ》」

清盛たちの濡れた衣服を干していた女が、手をついてお辞儀をした。

「明子にござりまする」

清盛は会釈を返すも、明子から目を離せない。

その横で、盛国が仲介した。

「こちらは中務大輔平忠盛様のご子息、清盛様にござりまする」

「おお、やはり……黒馬に跨《またが》るお姿、ご装束の趣ある着こなしぶり、失礼ながら定めて無頼の高平太様とお見受けいたしておりました」

基章が感嘆し、清盛はまんざらでもない。

「いや、それほどのものでは」

気取ったのはいいが、腹が鳴って空腹を訴えた。当然、明子にも聞こえ、清盛は穴があったら入りたい心境だ。

少しすると、明子が食事の膳を運んできた。飯の焚き加減がよく、簡素でも気の利いた料理が並び、どれを食しても清盛の口に合ってうまい。しかも、すべて明子の手料理だという。

基章は貴族の末端に名を連ねてはいるが、暮らし向きが質素なのは隠しようもない。

「実は、昼間出かけましたのも、恥ずかしながら、出仕に着て参る装束がどれも古うなりまして。近くの知人に借りに参ったところ、雨にあい、心配した娘が蓑笠を持って迎えにきてくれた次第にござりまする」

料理の支度も、雨の迎えも明子がこなすのは、家人を雇う余裕がないためだ。

「父上。さようなお話をお聞かせするものではございませぬ。よいのです。人任せは性に合いませぬゆえ」

明子に暗さはみじんもなく、まめまめしく働く姿がまた清盛の目を惹き付けた。

基章がすっと清盛に向き直った。

「――清盛様。明子を妻としておそばに置いてはいただけませぬか」

ぷーっ、と清盛が食べていたものを噴き出した。

「父上！　ご無礼がすぎましょう」

明子がたしなめるが、基章は本気だけにさらに踏み込んできた。

「いや。位低き私めの娘などとお思いでしょうが、わが養父・為章《ためあき》の生まれをたどれば、かの紫式部にもつらなる家柄。明子には公卿がたの姫君たちに劣らぬ学問を身につけさせております。特に琵琶の腕は格別。なにとぞ……」

「妻……」

清盛はこれまで、伴侶のことを考える機会などまったくなかった。

食事を終えると、清盛と盛国は高階家を辞し、名残を惜しむように馬を進めて帰途についた。

「……うまい夕餉であった。つつましくも、心がこもっておって……」

清盛が見上げる雨上がりの空に、月がくっきりと浮かんでいた。

同じ時分、高階家では、基章が感情を高ぶらせていた。

「清盛様こそ、住吉神社のお告げの方じゃ。嵐の中で出会う高貴なお方を親切にお迎えせよ、さすればこの基章の長年の悲願がかなえられよう、と」

娘の行く末を案じる基章の親心だが、気のせいか明子は表情を曇らせた。

この年の暮れ、得子が叡子《としこ》内親王を産んだ。

皇子ではなかったことに、堀河局は胸をなでおろした。これ以上、得子に大きな顔をされてはたまったものではない。

ところが璋子は、皇子であろうと、皇女であろうと、赤子は赤子でしかない。堀河局に大量の産着を持たせ、出産のお祝いを言うために自ら得子の居室に出向いた。

「こたびは姫君様をご出産あそばされました由、おめでとうござりまする。産着はいくらあってもじゃまになるものではござりませぬ。私は五人の皇子と二人の皇女を産みましたが、まあ赤子とはよう粗相をするものにござりまする——」

子育てがいかに大変か、璋子は長々と話し始めた。

最初、得子は産着を突き返そうとしたが、璋子に毒気を抜かれて珍しく折れた。

「ようわかりました。ありがたくお受けいたしましょう」

得子に仕える御影《みかげ》など女房たちが驚くが、璋子は尖った空気に頓着せず、にっこりと笑んだ。

「では、これにて」

璋子が行ってしまうと、御影が悔しそうに得子に詰め寄った。

「……なにゆえお受けになったのでござりまするか！　かように嫌味たらしい祝いの品を」

「嫌味ならばまだよい。あれは、まこと祝いをしに参ったのじゃ」

得子は産着を一枚手にとり、力任せに引き裂いた。

「忌々しい……あの闇を知らぬ福々しさ。どこまでも忌々しい女よ……」

なんとしても皇子を産みたい――得子は強く願った。


明けて保延二（一一三六）年一月。

義清は内裏に召し出され、崇徳帝と謁見した。義清が呼ばれたのは、義清の歌の才能を聞き及んだ崇徳帝直々の意向だという。

「身に余るほまれにござりまする」

義清がひれ伏した。

御簾の奥の崇徳帝は無表情で、まさぐるような目で義清を見つめるとおもむろに一首詠んだ。

「……瀬をはやみ　岩にせかるる　滝川の　割れても末に　逢はむとぞ思ふ」

義清は目を閉じて聞き入った。

本来、帝が臣下の者と直接言葉を交わすことはないが、歌の心を読み解こうという義清には直答が許された。

「……流れ速き川が岩にぶつかり、二つに分かれるように、別れ別れになった二人であるが、いつかきっとまためぐり逢おう。そんな激しい恋の歌――のように聞こえまするが――なにゆえでござりましょう。その向こうに、なにか別の思いが見えるような。もっと狂おしい。なにかを求める思いが――」

崇徳帝が微笑した。生気を吹き込まれたように頰に赤みが差している。

「義清。次はいつ参る」

清盛は内々で相談したいことがあり、義清の館を訪ねた。

義清にも話したいことがあり、数日前の謁見を興奮冷めやらぬ口調で語った。

「直々のお声がけとは、さすがの私も身震いがしたよ」

清盛は「割れても末に　逢はむとぞ思ふ」という下の句を一人でぶつぶつ繰り返し、なかなか用件を切り出そうとしない。

「して、なに用あって来たのだ？」

「……あ。いや……その……」

清盛らしからぬ歯切れの悪さだ。

部屋の外から声がかかり、おなごが酒など運んできた。

「ああ、春子《はるこ》、これがいつも話しておる清盛だ」

義清は気が置けないようすで話しかけた。

「まあ。初めてお目にかかりまする。春子にござりまする」

春子に挨拶され、清盛はよくわからないまま適当に頭を下げた。「妻だ」と義清に言われても、すぐにはぴんとこない。

「そうか妻か——ええっ?!」

清盛が素っ頓狂な声を出した。義清が嫁をもらったとは初耳だ。

酒の膳を置くと、春子は二人のじゃまをしないように部屋を出ていった。

義清と春子が夫婦になったのは、義清が仕える徳大寺藤原実能の引き合わせだった。

「せっかくなら歌でも交わして、かけひきを楽しんでみたかったが。それは堀河殿と楽しむとしよう」

「お前……そのおなごとも?!」

清盛の声が大きくて、いかな義清でも春子の耳を気にして口に指を立てた。

「妻に聞こえたらどうする！　私が帝の歌のお相手となれるよう、上皇様にお取り次ぎくださされたのは堀河殿だ。家の中を守る女も欠かせぬが、外で引き立ててくれる女もなくてはならぬ」

おなごに関しては百戦錬磨のごとき義清の態度に、おなごに関してはまだまだ初心な清盛は不快感を募らせ、肝心な明子のことを相談する気が失せた。

「この件について、お前とは話が合わぬ気がする」

清盛は帰り支度にかかった。


「それはまるで光源氏と明石の君ではござりませぬか！」

時子の目がキラキラして、琵琶を放り出すと『源氏物語』を手にとった。

「時子様、なりませぬ。琵琶のお稽古を――」

明子は困った。うっかり時子に雨の日の出会いを話したが、清盛に助けられたのは前年の出来事で、それきり顔を合わせてもいない。

明子は琵琶の名手で知られ、時子は稽古をつけてもらいに基章の館まで通っている。ところが、明子の話を聞くなり、時子はあこがれの光源氏と清盛とを物語の世界で重ね合わせた。

「ねえ、ほら。明石の君のお父上は、光る君を明石にお迎えして、こう言うのです。『住吉《すみよし》の神を頼みはじめ奉りて、この十八年になりはべりぬ。……ただこの人を高き本意叶へたまへと、なむ念じはべる』」

『源氏物語』の明石の巻に出てくる一節だが、時子が描く恋物語をただの夢想だと笑えなくしたのが基章だ。

時子の話を耳にして、基章が大真面目な顔で部屋に入ってきた。

「さよう。住吉の神をお頼みすること十八年。わしはただ娘を貴人の妻にしたまえと祈り続けて参った」

あの雨の日、基章が装束を借りに行った相手が時子の父・時信だった。

「その帰りにあの高貴なお方に出会うことができました」

「まちがいござりませぬ、そのお方が明子様の光る君。こうしてはおれませぬ！」

時子は我が意を得たりと元気づいた。


時子の思いつきで、明子はとある神社に引っ張っていかれた。来たまではいいが、拝殿の近くで二の足を踏んだ。

「……時子様。やはり私は帰ります。お祈りすることなどござりませぬゆえ」

「……もう。では私が明子様の分も祈って参ります！」

時子は勇んで拝殿に向かった。なにやら熱心に拝んでいる先客がいる。大きな体をした男で、拝殿を占領しているだけでも苛立つというのに、無駄に大きく腕を広げ、騒々しいほど大きな音をたてて、ぱんぱんぱんぱんと手を鳴らした。

「会えますように。どうか、再び。どうか。どうか」

熱心に願い事をすると、また傍迷惑な大きな音で手を鳴らした。

時子は顔をしかめて待っていたが、いい加減、交代してもらってもいいはずだ。

「もし！　そこをお空けいただきたいのですけれど」

男が顔を上げ、明子に男の横顔が見えた。

「……清盛様？」

「明子殿……」

振り返った清盛が、明子を見てびっくりした。

「……光る君?!」

時子は腰が抜けそうになった。住吉の神が十八年間頼まれて出会わせたのが、この男なのか。

明子と清盛はといえば、緊張しながら挨拶を交わした。ことに清盛は心臓がバクバクしてほとんど挙動不審だ。もしや胡散臭い人物ではないか。時子はじろじろと清盛を見ていて、いつか雀を逃がしてしまった品位に欠ける男だと思い出した。

「……あっ。あのときの、雀男！　あなたのおかげで私は光源氏に会いそこねたのです！」

「なんなのだ、そなたは」

清盛にすれば、時子に難癖をつけられた気分だ。

「では……」

明子がお辞儀をして、逃げるように去っていく。

清盛は、眼中にないとばかりに時子を押しのけ、明子を追いかけた。

「……もう。ちっとも光らない君！」

時子が膨れっ面をした。


「……明子殿！」

呼び止めたものの、清盛はなにを言ったらいいのか思い浮かばず、困って目を泳がせた。ちょうど橋の下を清流が流れている。

「……船に乗ったことがござりまするか」

苦し紛れの質問だ。

「……いえ」

明子が首を振り、あっけなく会話が途絶えた。

次の言葉が出なくて黙り込んだ清盛に、明子が遠慮がちに聞いた。

「……お乗りになったのでござりますか？」

「え。あ。はい。西海にて……」

「海?!　まあ。見たことがおありなのですか、海を。そしてお乗りになったのですか、船に」

「ええ。はい」

「まあ……どんな船にござりまするか？」

思いがけず明子が興味を示した。

「初めは漁師の小船、次に荷を運ぶ大きな船、それから……唐船にも乗りました」

「唐船?!」

「はい。いや、まあ、それは、乗ったというよりは乗せられたと申しましょうか。討伐の折、海賊にさらわれまして」

「さらわれたのですか。海賊に？」

清盛が遭遇したさまざまな体験を、明子は胸をときめかせて聞いた。

「しかし唐船は見事なものにござりました。かように大きな船が、風の力のみにてすーっと進んでゆくのです。ああ、このまま風を切って進んでゆけば宋へ渡れるのではないか。いや、宋だけではない、さらにその彼方の、まだ見ぬものたちとの出会いがあるのではないかと思いました」

清盛は夢中になってしゃべり、ひょっと明子を見るとふさいでいる。

「すみませぬ。つまらぬ話を……」

「いいえ。おもしろうござります。まるで……夢の中のお話のようで――では、これにて」

「え？」

「父の申したことは、お忘れになってくださりませ」

立ち去る明子が寂しげだ。

清盛の胸に、ぽっかり穴があいたような物足りなさが残った。

その頃、忠盛の館を家成が訪ねていた。清盛に縁談話があっての仲介で、応対したのは宗子だった。公卿や院の側近が、娘を清盛の嫁にと申し出ているという。

「いずれも名のある家格の娘です。まとまれば平氏はますます勢いづくでしょう」

「ありがとう存じます。殿もきっとお喜びになりまする」

「……忠盛殿よりも、わがいとこ殿に喜んでいただきとうて参ったのですよ」

宗子が忠盛に嫁すと決まり、いわくのある赤子の母になると知った当時、家成は子ども心に胸を痛めたものだ。今日でも、折に触れて気にかけてきた。

「もう肩の荷をおろしてもよいのではありませぬか？」

家成がいたわった。


時子は少しばかり誤解をしているようだ。

「明子様の気が進まないわけが、ようわかりました。あんな無作法な人、いくら平氏の御曹司だって、誰が妻になどなりたいものですか」

神社での一件といい、雀を逃がした一件といい、腹立たしいことこのうえない。わざわざ明子に会いにやってきてまで、清盛のことを悪しざまに言った。

明子は決して清盛に対する印象が悪いわけではない。むしろ、好ましい。

「海の話をしてくださりました。海や、船や、海賊の話」

「まあ！　おなごにそんな恐ろしげな話をするなんて。いったいどこまで無作法なのでしょう」

「まこと……途方もないお方。私などとは、生きている世が違う。遠いお方」

明子はちまちまと針を動かして、基章の着物を繕った。

「明子！　ふ……文じゃ。清盛殿からお前に……」

文を片手に握りしめ、基章が部屋に飛び込んできた。

「からふねの　風なき夜の　ここちして　ゆくも戻るも　君ぞ知るべし」

清盛から明子へ送った歌だが、歌の心を解説するのはなぜか義清である。

「風のない夜の唐船のように、このままでは進むことも戻ることもかなわぬ。この恋のゆくえはあなた次第――唐船のからと、空虚なる心のからを密かにかけてみたのだ。会心の出来とは言えぬが、これくらいでよかろう」

清盛は上の空で聞き、落ち着きなくうろうろとしている。

そのうち、義清の家人が、明子から返歌をもらって帰ってきた。義清が文を受け取り、明子の歌を読み上げた。

「小夜あけて　ゆくえあやまつ　からのふね　めざめし君の　ひとり揺れけむ」

義清は文を閉じ、「なるほど」と、一人で納得している。

「おい！　さっぱりわからんぞ！」

歌の心得がない清盛のために、義清が明子の歌を噛み砕いて説明した。

「夜が明け目をさましてみると、行く先をまちがえた船に女の姿はなくからっぽで、おのれ一人揺れていることに気づくだろう、と」

「断られているではないか！」

「からっぽの唐船と返すとは、なかなか小賢しげな返歌だ」

「どうでもいいわ！　いかがするつもりじゃ」

「あせるな。こういった駆け引きを楽しむのが恋というものだ」

義清は慣れた様子で筆をとった。明子からの返歌に、返歌を書き送るためだ。

夕方までに、明子のもとには幾通もの文が届いたが、明子の気持ちはなびかず、ただ文だけが重ねられていった。

「明子様がかように頑ななお方だったとは、驚きました。されど不思議とは思いませぬ。あんな光らない君がお相手なのですもの。はぁ。なかなか物語のようにはいかないものですね。明石の君は雅な光る君に思われ、幸せな人生を送るのに」

時子が『源氏物語』を開いた。

「いったい、明石の君は幸せだったのでしょうか。かように身分違いの恋をして」

今の自分を明石の君に置き換えると、明子は疑問を感じずにはいられない。


時子が基章の館をあとにするのと入れ違いに、清盛が風を切って走ってきた。

「お頼み申す！　平清盛にござる！」

清盛が館内に迎えられると、時子も踵を返して館内に戻り、「若紫」の巻に書かれていたように夕暮れに紛れて小柴垣ごしに部屋をのぞきみた。明子、基章父娘と、清盛が向き合って座っている。

「くだくだと歌など交わすのは性に合わぬ。断るならば面と向かって、きっぱりと断っていただきとうござります」

明子が毅然として顔を上げた。

「……では、遠慮のう申し上げますする。私はあなた様のお気持ちに応えることはできませぬ。申し訳ございませぬ」

頭を下げる明子を、基章が叱りつけた。

「明子！　父の思いがわからぬか？　そなたの行く末を思うて長年、住吉明神に願い続けて参ったのだぞ」

「……それゆえにございまする。父上は、住吉様におすがりせねば、私が幸せになれぬとお思いにございましょう。それは私がつまらぬ女とお思いゆえにございましょう」

「……さようなことは申しておらぬ」

「いいえ！　父上はそうおっしゃり続けていたのです。幼い頃より、毎日毎日。それゆえ学問を身につけよ、琵琶の腕を磨けと。清盛様のお申し出にお応えしたところで、きっと私はくよくよと思い悩みましょう。まこと私は想われておるのか。それとも住吉様のお力にすぎぬのか。さような一生を……私は送りとうございませぬ。生涯一人だったとしても、お告げなどに惑わされず生きていきたい。それこそが私の幸せにございます！」

明子は一気に胸の内をさらした。その芯の強さに、時子が小柴垣の向こうで瞠目している。

「……見くびるでない」

静かな憤りが、清盛の口を衝いて出た。

「俺が住吉明神のお導きでそなたを想うておると申すか。見くびるでないぞ！　俺は、そなたを見たとき、なんと清げなる女かと思うた。そなたの作った夕餉を食い、毎日食いたいと思うた。海賊や唐船の話に目を輝かせているそなたを見て……生涯、俺のそばにおってほしいと思うた。俺は俺の心に従い、そなたを妻にしたいと申しておるのだ！」

清盛の熱い告白が、明子の頑なな心をとかし、明子の双眸から涙がこぼれ落ちた。

「……海に、行きとうござりまする。海に行って、船に乗って。見てみとうござりまする……清盛様の目に映っている、広い広い世を」

明子は涙をぬぐい、まっすぐに清盛を見た。

「お供させていただけますするか？」

「……きっとじゃ。きっとそなたを海へ……広うておもしろい世へ、連れていってやる」

明子が涙に潤んだ目をしている横で、基章が感無量の面持ちをしている。

時子は小柴垣からそっと離れた。『源氏物語』をしっかりと抱え、通りを小走りに行く。

「……雀の子を、犬君が逃がしつる。伏籠の中に、こめたりつるものを……」

時子は潤んだ目で諳《そら》んじた。胸がぎゅーっと締めつけられている。これまで感じたことのない甘美な痛みだった。


清盛が明子と基章を六波羅の館に招き、忠盛と引き合わせたのは数日後のことだった。

一室に集まったのは、忠盛のほかに、忠正、宗子、家盛、家貞と盛国がいる。

「右近衛将監《うこんえのしょうげん》！　たかが正六位ではないか」

忠正は、基章本人を前に反対した。基章の官職、官位からして、貴族に列せられてはいるが下級といえよう。棟梁の跡取りの嫁ならば、それなりの家格があってしかるべきだ。

ふだんは融通がきく家貞が、気難しい顔をしている。

「清盛様。今がどういうときか、わかっておいででしょうな？　いかなる家と結びつくかで、一門の行く末が決まってくるのでござりますよ」

「……承知しておる。されど……位が違うからと、共に生きることが許されぬとすれば、それはおかしいと思う。俺は、俺のいとしい女が心細い思いで生きていくのは我慢ができぬ。勝手をしてみなには迷惑をかけるやもしれぬが……どうかお許しをいただきたく、お願い申し上げまする」

清盛は深々と頭を下げた。

「……清盛は、なにゆえこの娘をいとしく思うのだ?」

忠盛が、いちばん聞いておきたいことだ。

「……明子殿は、つまらぬ戯言に惑わされることなく、どんなこともおのが力で乗り越えようとするおなごです。かようなお人と、楽しきときも苦しきときも、共におもしろう生きていきたい。そう思いましてござりまする」

「……楽しきときも、苦しきときも。おもしろう、生きて、いきたい」

忠盛の表情が動いた。

「……わかった。高階明子を清盛の妻として迎える」

「……ありがとうござりまする!」

清盛が低頭した。

明子と基章も、感謝の気持ちを込めて丁重に頭を下げた。

話し合いが終わり、忠盛は部屋を出ていったが、忠正には不満がくすぶっている。

家貞には、忠盛がなぜ明子との縁組を認めたのかが手にとるようにわかった。

「殿に異論があるはずもございませぬ。同じにございますゆえ。あのときと……」

宗子がすっと立ち上がった。

忠盛を追いかけて部屋を出た宗子は、廊下を行く忠盛が口ずさむ今様を聞いた。

「〽遊びをせんとや生まれけむ　戯れせんとや生まれけん　遊ぶ子どもの声聞けば　わが身さへこそ動がるれ」

背中に視線を感じ、忠盛が振り返った。宗子が廊下の向こうから見ている。

「よろしいのでござりますね？　家成様の持ってきてくださったお話をお断りして」

「……ああ。すまぬが、そうしてくれ」

そう応えると、忠盛は気まずさを隠すように、歩調を速めて去っていった。

宗子は切なかった。清盛の母であろうとつとめてきた。十数年どれほど努力してきたかしれないが、かの白拍子が清盛の血を分けた母であるという事実にはかなわないのだろうか。


清盛や忠正たちがいる一室は、気詰まりな雰囲気になった。

「兄上！　おめでとうござりまする。兄上をよろしゅうお願いいたしまする。義姉上」

家盛が堅苦しさを破った。

緊張して小さくなっていた明子に笑みが戻り、清盛と顔を見合わせて微笑んだ。

〈分け隔てのある世に疑念を抱いた若き清盛らしい決断であった。だがこれは、平氏一門、各人の胸にさまざまな波紋を投げかけ、清盛にさらなる試練を与える決断でもあった〉

家盛が兄・清盛を尊重しようとすればするほど、忠正には家盛が涙ぐましい努力をしているように思えて仕方がない。固い結束の一門に、小さなほころびが生じた。

第八章　宋銭と内大臣

博多にある神崎荘《かんざきのしょう》は帝や上皇が領有する荘園で、日本と宋の貿易拠点となっていた。唐船が錨を下ろす港にはにぎやかな市が立ち、宋の陶磁器、仏像、装飾品、薬、絹織物、獣皮、硝子製品、硯などの文房具、唐果物、はたまた鸚鵡《おうむ》まで商品として並べられている。

保延二（一一三六）年の秋。清盛、家貞、盛国は、兎丸と三人の郎党、豊藤太、荒丹波、麒麟太夫を率いて神崎荘にやってきた。宋の人たちが荷物を運んで行き来し、「アリガトウゴザリマス」「多謝」などと日本語と宋の言葉が入り乱れて飛び交っている。清盛にはすべてが新鮮だ。

店頭にいる鸚鵡が、「アリガトウゴザリマス！」と清盛に話しかけた。

「なんじゃこれは！　しゃべったぞ」

珍しい鳥に、清盛は好奇心にかられた。手に入れたいが、交換する米の用意がない。

「では。取引して差し上げましょう」

家貞がいとも簡単に言い、宋人と交渉したのち、穴のあいた硬貨を渡して籠に入った鸚鵡と引き換えた。清盛は鸚鵡を受け取りつつ、家貞が使った硬貨に目を奪われた。

「それは……」

「宋の銭。宋銭にございます」

兎丸たちは市にも宋銭にも慣れていて、片言の宋語を駆使して宋の人たちと商談を始めている。

清盛は活気にあふれた市を見回した。

「なんと豊かで生き生きしておるのだ……」


〈貿易、そして宋銭。清盛は、のちの国づくりの基となるものとの出会いを果たした〉


博多は平氏と深くかかわっている町だ。館には平氏を顧客にしている宋の海商が出入りし、この日も購入した大量の品々を運び入れた。家貞が立ち会い、清盛たちもその場に居合わせたが、宋の海商が帰ってしまうと盛国と兎丸がやたらと不思議がった。

宋との取引は、大宰府を通さなくてはならないという決まりがある。大宰府は九州地方の政務を執るいわば役所で、外交と貿易に関するさまざまな手続きなどを統轄している。ところが家貞は、大宰府の役人を介さずに商品を購入し、運び入れた際にも役人の姿はなかった。

「うむ。それにはからくりがある」

家貞が訳知り顔で話し始めた。

忠盛が計略を仕かけたのは、今から三年前の長承二（一一三三）年だった。忠盛が家貞を従えて博多の港に行くと、予期したとおり、宋の商人と大宰府の役人がいて取引について話し合っていた。忠盛はつかつかと近づき、二人の前に立ちはだかった。

商いを取り仕切ってきたのは家貞だ。家貞は、商人と役人に忠盛を引き合わせた。

「こちらは備前守平忠盛様。院よりこの神崎荘の院司を仰せつかっておられる」

忠盛は重々しく告げた。

「この神崎荘において大宰府が宋との商いにかかわってはならぬ。今すぐ立ち去るがよい」

立ち去れと言われても、大宰府の役人がおいそれと立ち去るわけにいかない。

「なにを申す。取引はすべてわれらを通すが決まりぞ」

「控えよ！　恐れおおくも院宣であるぞ」

家貞が恭しく巻物を広げると、「院領・神崎荘における交易に大宰府が関与するを禁ず」と記されていた。

家貞が話し終えると、盛国はてっきり忠盛が院宣を託されたものと早合点した。院宣とは上皇の命令を証書にしたものだ。

「大殿が上皇様よりお預かりしたわけですな」

「ま、それは大嘘にて、殿が偽造したのじゃが。すなわちこれは密かなる商い。お上の目を盗んで行っていることにござります」

家貞は、恐れおおいことを茶目っ気たっぷりに話した。

清盛のほうが、大きな体をして足がすくみそうだ。

「だ、だ、大事ないのか……さようなことをして」

「無論、露見すれば一大事にござります」

「……なんとまあ。父上の肝の据わっておることよ」

平氏が握る巨額な財力の源が、この日宋貿易にあった。

六波羅では、忠正と維綱が蓄財のしくみを教えようと、家盛を連れて蔵に入った。蔵の中は多種多様な宋の品々と、大量の米が保管されている。

「宋の珍品を王家に献上することで、よき国を与えられる。その国で得た米でまた宋と商いをする。あるいは王家のために寺社仏閣を造営する」

国とは知行国を指し、家貞が中心となって蓄財の管理を進めてきた。

「それで今、兄上たちは博多へ行っておるのだな」

いずれ清盛が平氏を背負って立つために、知識や経験が必要だからだと家盛は考えた。

忠正は別の解釈をした。

「貴重なる財の源とはいえ所詮は法に背く商い。はみだし者どもの使い途としてはちょうどよいということじゃ。一人よがりな大義を掲げては、漁師や海賊を郎党とする。身分低きおなごを妻とする……清盛は到底、嫡男の器ではない。平氏の行く末は、家盛、お前にかかっていると心得よ」

忠正は懇々と説いた。平氏が大事だからこそ、家盛への期待が膨らんでいく。

六波羅の一画に、清盛と明子が暮らす新居がある。その館に、清盛の元気な声が響いた。

「明子！　今帰ったぞー！」

出迎えた明子に、清盛はあれもこれもと話したくなり、興奮して口が止まらない。

「明子！　博多はまこと、かの国にもっとも近い場所であった。唐船が行き来して、珍しき品々があふれ……なにかおもしろきことができそうな気配に満ち満ちておったぞ」

生き生きとした清盛を、明子はうれしそうに見ている。

「そうじゃ。これをそなたに」

明子への土産だと、清盛が蛤の貝殻に詰めた紅を手渡した。

「……まあ。なんと美しい」

「うむ。それは宋国の品じゃ」

「え！　ではこれは海の向こうから来たものにござりますね。船に乗ってきたのでござりますね！」

明子の喜び方が予想以上に大きくて、清盛がちょっとたじろいだ。

「ありがとうござります。大切に使いまする」

明子は貝殻を鼻に近づけ、異国の香りを胸いっぱいに吸い込んだ。

清盛を博多に行かせたのは、忠盛に意図するものがあったからだ。

帰館した家貞は、早速、忠盛に報告した。

「殿のお考えどおり、清盛様は宋との密かなる商いに興味津々でござりました」

「新しきもの。珍しきもの。心躍るもの。はらはらするもの。清盛の大好物ゆえな。少しずつ商いをおぼえるがよい」

忠盛がしたり顔をした。

この秋、重陽の節句を祝って、鳥羽院御所南殿の庭で菊花の宴が催された。色とりどりの鮮やかな菊が咲き誇っているのを、招かれた客たちが酒をたしなみながら観賞している。

鳥羽院は上機嫌で、藤原宗輔《むねすけ》に声をかけた。

「中納言。かえすがえすも見事な菊じゃ。苦しゅうない」

「ありがたきお言葉」

宗輔が平伏した。宗輔は草花に親しみ、菊や牡丹を育てるのが好きで、鳥羽院御所で観賞されている菊はこの宗輔が献上した。

「さあ、みなで不老長寿の仙薬、菊酒をいただこうぞ」

鳥羽院の振る舞い酒で、女房たちが客に菊酒を注ぎ始めると、宗輔は鳥羽院の前から退いて自分の席についた。隣席は、若くして権大納言の要職についた藤原頼長《よりなが》だ。

「私は不老長寿など望まぬ」

頼長が杯から菊を取り除いた。酒を飲み干し、空になった杯を膳の一角に正確に置いた。その際かすかな違和感を覚え、ためつすがめつ眺めれば、膳そのものがわずかに歪んでいる。頼長は膳の角度を正確に直してやっと気が済んだ。ここまで几帳面だと、細い花びらが幾重にも重なった菊の花そのものが、頼長の神経を逆なでする。

宗輔が隣からささやいた。

「菊は得子様のご所望によるものにございます。なにしろ院は、政のさわりになるほどに得子様をご寵愛なさっておいでてござりますゆえ」

頼長が目を向けると、鳥羽院と得子が人目もはばからずぴったりと寄り添っている。

「……情けなきことよ」

若さに似合わぬ老成した口振りで、頼長が嘆いた。

宴はたけなわで、列席者は菊の美しさを堪能している。

「上皇様。この見事な菊を賞でる歌など、誰かに詠ませてはいかがにござりましょうか」

藤原公重《きんしげ》が提案し、詠み手に義清の名をあげた。公重は歌人として知られ、義清が仕える実能の身内でもある。宴を警固する北面の武士の中に義清がいるのを、公重は目ざとく見つけていた。

「おもしろい、近う寄れ」

鳥羽院は、気さくに義清を招いた。

驚いた頼長が、宗輔に聞いた。

「警固の武士ふぜいを招き入れ、歌を詠ませると？」

「佐藤義清は歌の名人と評判で、近頃は帝のお気に入りと聞きまする」

「けしからぬ」

身分をわきまえぬ武士など、頼長にはもってのほかだ。

鳥羽院に呼ばれた義清は、その前に跪《ひざまず》いて一首披露した。

「君が住む　宿のつぼをば　菊ぞかざる　ひじりのみやと　いふべかるらむ」

「……なんと。ここを聖なる王のすまいと詠んだか。これはよい」

鳥羽院は満悦の体だ。

頼長には詠み手の追従も、真に受けて喜ぶ安易さも、どちらも気に障る。

「なんとも媚びへつろうた歌じゃ。気分が悪い」

気分直しに酒を飲もうとして、頼長は手にした杯に目を止めた。

「……この青白磁は」

「宋の逸品にござりまする。平清盛よりの献上品とか」

宗輔がさらりと言った「平清盛」なる人物は、頼長の記憶にない名前だった。

大炊御門《おおいのみかど》にある頼長の自邸は高倉邸と呼ばれている。邸に帰った頼長を、忠実と忠通が待っていた。頼長は忠実の次男にして、長兄・忠通の養子となっている。頼長が生まれた年に忠実が失脚し、また、忠通に男子が生まれなかったがための苦肉の策だった。

頼長は忠通を「父上」、忠実を「宇治の父上」と呼び分けている。

「父上。宇治の父上。これはお二人お揃いで。何事にござりましょう」

頼長が鳥羽院の菊の宴に臨席している間、忠実と忠通は崇徳帝がいる内裏に参上していた。

「まだ内々のことだが……喜べ。年内に、そなたが内大臣に任ぜられることが決まった」

忠実は、年を重ねてからできた頼長がかわいい。幼い頃はやんちゃだった頼長が、長ずるに従って学問に励み、忠実の期待に添って出世していく。内大臣は、左大臣、右大臣に準ずる地位と権限を与えられる官職だ。

「そなたこそが、われら藤原摂関家の復権の要となろう」

忠実が涙ぐんだ。頼長贔屓が如実に表れ、忠通は内心不服である。

当の頼長は、未曽有の出世にも眉ひとつ動かさない。

「近頃の都は乱れきっております。そのうえこれを正すべき院が若きそばめに入れ込み、政に心が入らぬとはもってのほか。内大臣となった暁には、徹底して粛正いたします」

早くも施政方針を固めている。忠実には頼もしい次男だが、忠通にはかわいげのない養子だ。妥協を許さない頼長は、こののち政の中心となるにつれ、混沌とした世を粛正するために大鉈を振るおうとする。その結果、清盛らを巻き込むとんでもない事態を生じさせるのだ。


「春には生まれましょう」

得子は寝所で睦言を交わし、鳥羽院の手を自分の腹に触れさせた。

「春か……庭には水仙が咲き乱れておろうな」

「まあ、嫌ですわ。水仙はみな菊に植え替えたではございませぬか」

「……そうか。そうであったな……」

鳥羽院は一抹の寂しさを感じた。璋子が入内して間もない頃、まだ帝だった鳥羽が自ら手折って届けた香り高い水仙は一掃されてしまった。

同じ時分、同じ思いを抱いて、璋子は廊下に立って庭に咲いている菊を眺めていた。

「おかしなものじゃ。ここに咲いておったときには、さほど気にもとめなんだのに……のうなってみると、あの姿が、香りが、なつかしくしのばれる」

璋子はぼんやりと菊の花壇を眺めた。

義清が鳥羽院の前で歌を詠んだことは、崇徳帝の不興を買った。義清を内裏に召し出すと、崇徳帝は声を荒らげて批難した。

「許さぬ！　そなたの歌は朕だけのものじゃ。鳥羽院のために詠むなど……許さぬ」

近臣が慌てて退室させようとするが、崇徳帝はまったく聞く耳を持たない。

「義清。近う寄れ」

義清は恐る恐る崇徳帝に近づいた。

「もっと近う……近う」

求められるまま、義清ができるだけ近くに寄ると、崇徳帝が声をひそめた。

「鳥羽の院は朕を遠ざけておる……叔父子と呼んで忌み嫌うておる。わが母・璋子の奔放なる振る舞いのために」

義清がはっとした。以前、堀河局が寝物語にこんな話をした。

(璋子様は先の院によって育てられたの。心も、体も)

気がつけば、崇徳帝が自ら義清に身を近づけてきている。

「義清……信じられるのはそなただけじゃ。傍におってくれ……朕を一人にせんでくれ」

「……もったいないお言葉。義清はきっと帝をお守りいたします」

初めて内裏に召し出された日の歌のように、狂おしく何かを求める崇徳帝の孤独な心が、義清の気持ちを揺さぶった。


道にずらりと並んだ宋の品々に、清盛はあっけにとられた。

「なんなのだ、かようなところに」

急を知らせにきた盛国に連れられてくると、京の通りで、兎丸、豊藤太、荒丹波、麒麟太夫が大道店を開いている。「アリガトウゴザリマス！」と聞き覚えのある声の主を見れば、鸚鵡が客寄せに使われていて、兎丸がいい調子で通行人を呼び止めている。

「宋の国の品もんや。めったに見られるもんとちゃうで。見るだけでも見ていってや」

清盛は、慌てて兎丸に駆け寄った。

「兎丸……！　なにをしておる。これは密かに取引したものだぞ」

「おもろないからや。宋と平氏と上皇さんとで、こんなもんぐるぐるぐるぐる回して、なにがおもろいねん。おもろい言うのは、もっとこう……もっとこう……うう……」

うまく言葉で表現できないのがもどかしい。

そこに、「おおおー！」と、感激に打ち震えた声が聞こえた。

「これは『金石録』の写しではないか？　えっ、こちらもまた当代の書……なにゆえ、かようなものがここに」

「通憲殿！」

「清盛殿！　これはいったいどうしたことじゃ」

兎丸と通憲も、海賊の棟梁とけったいな学者として顔見知りだ。

兎丸が、通憲に耳打ちした。

「これはな、こいつら平氏がこっそり宋と取引したもんや」

「あっぱれじゃ！　焼き物に衣服に書の道具。こうした品々を作るは民のつとめ。かの優れた国の、優れた品々を民がじかに見て、じかに手に触れる。それにより、この国の焼き物も衣服も書の道具も、よりよきものになっていく。それを志し、見つかればおおごとになるとわかっておりながら、これらを民の目に触れる場所にさらしておるのであろう？　いや、まことあっぱれ」

「いや――」

清盛が訂正しようとする声に、兎丸の大声がかぶさった。

「それやー！　それやそれやそれや、それが言いたかったんや、俺は。おもろい言うのは、そういうこっちゃ！」

豊藤太、荒丹波、麒麟太夫が「そうじゃそうじゃ」と合唱した。

道行く人たちが、珍しそうに品々を見たり、ちょっと触れてみたりしていく。

その様子を目にして、清盛は即決した。

「……よしわかった！　兎丸、豊藤太、荒丹波、麒麟太夫。ここはお前たちに任せた！　これらの品々、見せるなり売るなり好きにするがよい」

兎丸たちの店は評判がよく、客足が途切れることはない。しかも、金儲けが目的ではないので、希少な薬でも老婆の腰痛がよくなったと聞けば値段を安くして分けている。

「ありがとう」

老婆が薬を受け取ると、鸚鵡が「アリガトウゴザリマス！」と鸚鵡返しした。

「おう！　ここで買うたことは内密にな！」

帰っていく老婆に、兎丸が念押しをした。客に喜ばれるのは本望だが、見つかって咎められるのは避けたい。

常連客もできて、通憲は日参する客の一人だ。

「にぎわっておるようじゃな」

「うむ、ほんのわずかだが博多のにぎわいが都に現れたようじゃ」

「それは結構」

通憲は二言三言清盛と話すと、宋の書をパラパラとめくり始めた。

この夜、清盛は自邸に兎丸たちを招き、猪汁でねぎらった。

「いつもこういうわけにはいかぬが、少しばかり儲かったゆえ今宵は猪肉じゃ。存分に食うがよい」

兎丸、豊藤太、荒丹波、麒麟太夫は、猪汁をがつがつ食べている。野趣あふれる男たちと猪の肉の取り合わせだ。侍女たちは猪の肉を恐る恐る運び、男たちに酒を運ぶのもびくびくだ。

「そなたらも共に食うがよい」

清盛が誘い、明子が猪汁を入れた器を持たせた。

侍女の一人がこわごわ食べてみると、案外においしい。そのうち肉のうまさにそそられて、老若男女みなで大いに食べたり笑ったりして、無礼講の楽しいひとときが過ぎていった。

夜が更けると、清盛は寝所の縁に腰かけ、月を眺めて一日の疲れを癒した。

「殿。今宵はありがとうござりました」

明子が傍らに来て座った。

「……まこと。みな、楽しそうであったな。豊かなる宋の国は、あのような顔に満ちあふれておるのだろうか。きっといつか参ろう。かの国へ。船に乗って」

「……楽しみにいたしておりまする」

清盛が肩を抱くと、明子はそっと身を寄せた。


明けて保延三（一一三七）年正月。

東国の山中で、獣の皮を着込み、髭や髪を伸び放題にした男が、獣のようにぎらついた目で狙った獲物の兎を一矢で仕留めた。

男は二人連れで、一人が倒れた兎を拾い上げ、もう一人は先に射止めた雉《きじ》をぶら下げている。

義朝と正清だ。ねぐらにしているあばら家で、二人は雉鍋をすすって空腹を満たした。

だが、気が休まる時間は長くはなく、突然、あばら家を山賊が襲った。義朝と正清は、山中で鍛えた腕っ節の強さで山賊を叩きのめした。


「父上。この文を正清の縁者である鎌田の者に託します。東国ではいまだ曽祖父・八幡太郎義家公が崇められ、どこへ行っても歓待を受けまする。山野を駆け回っての武芸の鍛錬はことのほか楽しく、正清とともに腕を磨いておりまする。どうぞ、ご案じなされませぬよう」

義朝からの文が京の館に届いた。為義は先に読み終え、無言で通清に渡した。文を読んだ通清がほっと息をついた。

「若君様にはご息災のご様子、なによりでござりますな」

「……わからぬか、通清。ここに書かれておることは、わしを安堵させるための嘘じゃ。さぞかし厳しい暮らしを送っておるのであろう」

けがや病気をせずに、息災でいてほしい。そんな思いでいると、珍しく若いおなごの客人があった。

為義が一室に迎えると、おなごは礼儀正しくお辞儀をした。

「尾張熱田神宮大宮司・藤原季範が娘・由良です」

「はあ。熱田神宮の姫様が、どういったご用件で」

きびきびしていた由良が、少し言いよどんだ。

「……義朝様はいずこにおいでじゃ」

「わが嫡男をご存じにござりまするか？」

「尾張にて、父が危ないところを助けていただきました。私も今は都で暮らす身にて、ご挨拶にと……いえ、自ら決めたわけではござりませぬ、父の言いつけにて」

「はあ。それはわざわざ。しかし義朝は東国修行中にて」

「まだ戻っておらぬと申すか?!　……しかし戻りとうても戻れまい。都では武家といえば平氏にて、源氏の話は一向に聞かぬ。戻ったところで義朝殿の居場所などござりますまい」

由良は言いにくいことをはっきり口にした。

「……私の不徳のいたすところにて、面目次第もござりませぬ」

為義が下手に出ると、由良は承知の上とばかりに話を進めた。

「私は統子内親王《むねこないしんのう》様にお仕えしております。私と親しくなれば、なにかと心強うござりましょう」

統子内親王は鳥羽院の皇女で、璋子を生母とする。

「親しくなれば？」

「と、父が申しておるのです。私ではございませぬ！」

「なにも申しておりませぬ」

「ともかく、そなたももっとつとめよ、義朝殿のために。と、父が！」

「わかっております、わかっておりまする」

為義は苦笑しそうになるのをこらえた。


頼長は大炊御門の自邸で、文机に向かって調べものをしていた。宋の陶磁器について書かれた書物を読み、挿絵を眺め、時折、紙に何か書き込んだりしている。

文机に置かれた硯の位置は角度に寸分の狂いがなく、正しい筆の持ち方をし、紙に添えられた手は端正で隙がない。文机のまわりには本が山積みされているが、角と向きが整然と並んでいる。

「何用じゃ」

頼長は文机に向かったまま聞いた。

隣の一室に、為義が通清を伴って待っている。

「はは。われら源氏は藤原摂関家とのかかわり深く、お父君であらせられる忠実様にはことさらお目をかけていただいて参りました。内大臣様にもお見知り置きいただきたく」

為義が汗顔の至りで語りかけても、頼長は背筋をまっすぐに伸ばして前を向いている。

「……あの。珍しきものを見つけまして……」

為義が品物を献上しようとしたとき、頼長がピクッと反応して初めて振り返った。冷徹な目をしている。

「……賂は許さぬ」

「お、お許しを！」

慌てて品物を下げた為義を見て、頼長はまた文机に向かった。

「で、では失礼いたしまする！」

為義が辞去しかけた。

「ココデコウタコトハナイミツニナ！」

賂物がしゃべった。鸚鵡だ。籠の中の鸚鵡は、黙らせようとした為義が「こらっ」と叱ったのに反応して、「ココデコウタコトハナイミツニナ！」と繰り返した。

頼長がゆっくりと振り返った。


清盛は内大臣・頼長から召喚され、大炊御門の高倉邸に向かった。一室で待たされ、平伏する清盛の横に、通憲が付き添うようにしている。盛国と兎丸は庭先に座して控えた。

見計らったように頼長が現れ、畳の目に沿って歩いてくると、縁にそろえてぴたっと座った。

「平清盛か」

「はい」

「内大臣・頼長である。おもてを上げよ」

顔を上げた清盛に、頼長はたたみかけて質問した。

「――これはそなたが仕入れたものか」

頼長がいきなり鸚鵡を見せ、清盛の意表をついた。

「さようにござりまする」

「いずこで手に入れた」

「……宋の品を取引できるは大宰府鴻臚館《こうろかん》しかござりませぬ」

「院に献上した青白磁の酒器は」

「同じときに同じ場所で取引したものにござりまする」

頼長は書きつけに目を落とした。清盛が公務の休みを届けた日から大宰府に滞在したはずの日付と日数を算出してある。

「その間に鴻臚館にて取引された品々の記録がこれじゃ。ここには出てこぬ。鸚鵡も。青白磁の酒器も。なにゆえであろうか？」

「……さあ。私にはわかりかねまする。なにかの手違いではござりませぬか」

「なるほど……では、こちらはなんとする。これは同じ頃の神崎荘の倉敷《くらしき》での記録じゃ……鸚鵡と青白磁を取引した、とある。神崎荘支配の者をただしたところ……かようなものを持っておった。読んでみよ」

頼長が取り出した書面に、清盛は顔色を変え、かたい声で読み上げた。

「……『院領・神崎荘における交易に大宰府が関与するを禁ず』」

「四年前に平忠盛がこれを持って現れたそうじゃ。つまり長承二年より平氏は神崎にて勝手に宋との交易を行っておる。それも恐れおおくも院宣、院の証書を偽造して。ということになりはしまいか。この怪しき符合。どう言い逃れる?」

頼長は記録と記録を照らし合わせて鋭意、清盛を追及した。

清盛は顔をうつむけ、小刻みに身を震わせている。

庭に控える盛国と兎丸が、はらはらしながら清盛の出方をうかがった。

「どうした。返す言葉もないか」

頼長の声が無慈悲に響いた。

「……あきれて言葉が出ぬのです。よくもまあ、細かいことをちまちまちまちまと、調べてきたものにござりまするな。誰がどこで誰と取引しようと、よいではないか。国の役人たる者が王家のためにめぼしい品を買い集め、あとは残りかすのような品しか見当たらない。そんなしくみをせっせと守ってなにがおもしろいのじゃ!」

頼長の眉間にしわが刻まれたのを見て、盛国は状況が悪化するのではと恐れた。

「殿。お控えなされませ」

盛国の忠告を聞き流し、清盛は敢然《かんぜん》と頼長に問い返した。

「記録を調べるためにはるばる博多へ行かれたのですか」

「私はさように暇ではない。人をやった」

「ならばその足で行ってから言うていただきたい。一度見ればわかりまする。いかに宋との取引の場が、豊かで、生き生きしておるか」

清盛が宋銭を取り出した。

「これは宋銭。宋の銭にござりまする。かの国では、これと品々とをやりとりします。その鸚鵡も、焼き物も。この宋銭にて取引しました。驚くほど勝手のよいものにござります。この、一見、取るに足らぬ小さきものが、国を豊かに生き生きとさせてくれるやもしれぬのです。長引く飢饉にて民は飢え、海賊となって海を荒らし、われら平氏はその海賊を追討いたしました。されど、それではなにも変わらぬ。同じことを繰り返すばかりにござりましょう……もっと根本から変えねば。それには万事豊かですべてが花開く美しき国、宋国を手本とするがよいと存じ、ぜひ朝廷にてお諮りいただけますよう、内大臣様にお願い申し上げまする」

清盛は、多少通憲の受け売りを交え、熱弁を振るった。

その間、頼長は口を挟まず清盛が話すに任せ、一挙一動を見守った。

「……なんとまあ。気が遠くなるほどの愚かさよ。たかだか商いの場を見たくらいで、海の向こうの国を知った気になっておるとは。もうよい。帰るがよい」

「え?!」

「そなたの了見が知りたかっただけじゃ。これだけの証拠を突きつけられながら、ひるみもせず、詫びもせず、それどころか、法を罵り、あさはかな考えにて国のしくみを変えよと求める。そなたのようなものにつけ入られると、国が乱れ、やがては滅ぶのだ。私はこれより、そなたのような者を粛正するべく、法を整え、政を行う。大儀であった」

頼長は冷ややかな一瞥を清盛に送った。

清盛が部屋を辞して廊下に出ると、庭から盛国と兎丸が追いかけてきた。

兎丸は不満たらたらだ。

「なんで言い返さへんかったんや。お前らしゅうもない」

「言い返さなかったのではない。言い返せなかったのだ。言えば言うだけ、おのれの青臭さ、あさはかさを思い知らされそうな気がして。なにかを変えたいという思いだけでは動かぬこともある……あのような男と渡り合うには、俺はまだまだ度量が足りぬ」

省みる清盛に、盛国が同感の意を表した。

「まこと、隙のないお方とお見受けいたしました」

兎丸がふてくされた。

「ちっ……せっかくおもろかったのに。これでしまいか。落とし前はつけてもらうからな。いつか、お前が作れ。宋と商いして、生き生きと、豊かな世、いうやつを。その手伝いやったら、したってもええ」

すごんだあとに格好つけて、兎丸は勝手に照れると「へっ！」と肩を怒らせて歩いていく。

清盛と盛国は、顔を見合わせて笑った。


取り調べを終えると、頼長は書斎に入って書き物に取りかかった。

「回りくどいことをなさったものですな。院宣を出したかどうか確かめたければ、院にお尋ねすればそれで済んだはず。それをなさらなかったは？」

頼長が振り返ると、通憲が居残っている。

「……言うたであろう。こたびの呼び出しは清盛の了見を見極めるため」

「違いまするな。たとえ偽造であったとしても院は平氏を咎めはせぬ……今や平氏の財は院にとって欠かせぬものですゆえ。それほどまでに院は、腐っておる……それをあなた様は見抜いておいでだ」

「……そなた高階通憲。いつぞや公卿の集まりにて海賊の正体を解き明かしたという学者であろう。なにゆえさような者が清盛なんぞとかかわっておる？」

文机の脇に、きちんと積まれた書物の山がある。通憲はその書名をいくつか読み上げた。

「『論語』に『史記』に『燕丹子』。なるほど、かの国の経済、史学を熱心に学んでおいでのご様子。されどこの国の今についても、いま少し学ばれたほうがよろしいかと存じまする」

「なんじゃと？」

「平清盛はただの無頼者にあらず。扱いようによって、国の禍とも宝ともなる男にござります。扱いをまちがえぬよう、共に学びましょうぞ。内大臣様」

人を食った態度のようでいて、通憲は本質に迫る鋭い見方をした。


家盛は姿勢を改め、忠盛の前に手をついた。

「父上。先だっての婚儀の件。謹んでお受けいたしまする」

「……よう考えてのことか」

「はい。父上」

家盛は後ろ髪を引かれる思いで迷いを振り切った。

家盛に縁談の話があったのは前年のことだった。話を持ち込んだのは忠正で、相手は名のある家の娘だという。

（お前にはよき縁をと思うてな。わしが家成様に頼み、お探しいただいたのじゃ。清盛が高階の娘などもろうたばかりに、平氏の勢いもこれまでなどと噂されておるのだぞ）

（よい妻を得れば、家盛様のご出世も早まりましょう）

維綱も良縁だと、忠正の後押しをした。

家盛はすぐには返事ができずに黙り込んだ。

家盛には心惹かれる娘がいた。可憐で清楚な娘で、まだ誰にも知られていない秘め事だ。家盛のまぶたに、恥じらいながら見つめてくる娘の面影がちらついた。

家盛が悩んでいるのを見て、忠盛はじっくり考える時間を持たせた。

（……気が進まぬのなら、無理にとは言わぬ。清盛は清盛なりの考えがあって、高階の家と結んだ。お前もよく思案して返事せよ）

あの日から家盛は熟考を重ねた。その上で、棟梁の家に生まれ、平氏の繁栄に尽くすためにも、平氏一門の礎になる覚悟を固めた。

家盛の心に苦い思いを残し、淡い恋は終わりを告げた。

清盛たちの商いも終止符を打った。頼長に目をつけられた以上、京で宋の品を商うことも、宋銭を使うこともできない。盛国はちょっと工夫して、出番を失くした宋銭の穴に紐を通して首飾りを作った。

「願かけのようなものにござりまする。今はあきらめまするが、いつかきっとこれで豊かな世を作ると」

「お前もおもしろき男じゃな」

清盛が宋銭の首飾りを手にとり、部屋に入ってきた明子に話しかけた。

「明子。宋はまだまだ遠いが、近いうちに川船にでも乗ろう」

「申し訳ございませぬが、しばらく船は」

「川船ではつまらぬか？」

「……ややができましてござりまする」

「……まことか！　ようやった明子」

〈父として。子として。兄として。武士として。清盛はいよいよ抗いきれない運命に向き合うこととなっていく〉

だが、このときの清盛は幸せに満ち、感動で胸を熱くしていた。

「俺の子が生まれてくる……！」

第九章　二人のはみだし者

ごろつきたちが博打に興じている。壺の中に賽がふたつ入り、逆さにして数回転された。勝負だ。台の上に博打の賭けが置かれたが、窮乏している生活そのままに着古した衣類や欠けた木椀などシケたものばかりだ。

そこに、光り輝くような香炉が差し出された。こんな金目の物を賭けるカモはめったにいない。ごろつきたちは持ち主へと視線を向けた。

〈どこにでもはみだし者はいるものである。だが王家のはみだし者ともなると、はみだしようも並はずれているものだ〉

ごろつきたちの前に、いかにも高貴な氏素性の公達《きんだち》がいる。家格の高い貴族の子息で、おそらく元服前だろう。

まさか、この公達が鳥羽院の第四皇子・雅仁だとは、知る由もなかった。

清盛に第一子が誕生したのは、保延四（一一三八）年の春だった。赤子の元気な産声が、明子が無事に初産を済ませた証しのように館にとどろいた。

「男のお子にござります」

産室に入った清盛に、明子の女房が赤子を抱かせた。清盛は口をぎゅっと引き締め、食い入るように赤子を見つめている。

「……俺の子じゃ。血を分けた俺の子じゃ！」

清盛がぽろぽろと涙をこぼした。

嫡男の誕生は、すぐに忠盛に知らされた。

「男が生まれたか……」

忠盛の感慨もひとしお深い。

清盛の館では祝いの宴が催され、盛国や兎丸が気持ちよく酒に酔いしれた。

「兄上。こたびは若君のお誕生、心よりお祝い申し上げまする」

家盛が赤子の祝いに駆けつけた。

「家盛！　来てくれたのか」

この機会にゆっくりと酒を酌み交わしたいと、清盛は別の一室に家盛をいざなった。

「しかし兄上が父となろうとは……あのきかぬ気だった兄上が」

木登りをして、犬とじゃれあった日々を、家盛は懐かしく思い出した。

「……うむ。さんざん迷惑をかけたのう。父上にも母上にも……お前にも。八つ当たりばかりして。兄らしいことをひとつもしてやれなんだ」

「兄上。それ以上仰せなら怒りまする。さような遠慮こそが、兄が弟にする事ではございませぬ」

「家盛……」

折に触れて、兄を立て、支えてくれるできのいい弟で、清盛には引け目がある。

「ああ、もうわかりましてござりまする。兄上はいまだ私のことを血を分けた弟と思うてくださらぬのですね」

家盛は拗ねたのか、清盛に背を向けてひとりで酒を飲んだ。

「いや、悪かった。いや、されど、俺もお前のことは大事な弟と思うておるのだ。嘘ではないぞ」

「もう遅うござります」

「いや、家盛……まいったな。どう申せばよいのだ」

いつになく家盛が強情を張り、清盛は困り果てた。ちらと、家盛を見ると、笑いをこらえて肩が震えている。

「あっ！　こやつ、俺をからこうたのだな！」

清盛と家盛は童心に返り、平太と平次だった頃のようにたわむれた。

「……お前は俺の、かわいい弟だ。それは生涯変わらぬ」

清盛の気持ちに一片の偽りもなかった。

璋子は南殿の廊下に立ち、ぼんやりと菊の庭を眺めた。かつてこの季節に咲き誇っていた香り高い水仙は跡形もなく消えた。秋になれば庭一面が菊の花に埋め尽くされるのだろう。

璋子は五人の皇子と二人の皇女をもうけ、一の宮の崇徳が帝位についた。帝の生母つまり国母になったのである。それによって女院の宣下を受け、待賢門院《たいけんもんいん》という称号が与えられていた。

崇徳帝が即位して十五年、鳥羽院から疎まれた忍耐の日々が続いている。崇徳帝のもうひとつの不運は、関白・藤原忠通の娘で、中宮の聖子が子宝に恵まれていないことだ。もっとも崇徳帝はまだ二十歳だ。これからがあるというのに、聖子は役目を果たせずにいると思い煩った。

「申し訳ございませぬ。帝のおそばに参って十年近うなるというに……」

「……そなたのせいではない」

崇徳帝がとろうとした手を、聖子は身を避けるようにして引っ込めた。

「今、帝にとってなによりの大事は、お世継ぎができるか。子も産めぬ女をご寵愛など、もったいのうございます」

聖子はすっと奥の部屋に入ってしまった。

崇徳は帝でありながら、寄る辺なき身の孤独を感じていた。

一方、同じ璋子を母とする弟の雅仁は、この日も博打場で賽を振っていた。なかなか勝運があるのか、雅仁が出した賽の目に、ごろつきたちから落胆と称賛の声が両方上がった。

「どちらの公達か存じませぬがまことお強い」

媚びた態度で慣れない敬語を使い、二束三文にしかならない野良着や獣毛の服を差し出した。

雅仁は珍しそうに小汚い服を手にとり、高貴な直衣《のうし》の上から無造作に羽織ってみた。

「宮様!!」

博打場に似合わぬ、学者風の男が飛び込んできた。

〈崇徳帝の弟君・四宮雅仁親王は、兄の苦悩を横目に、きわめて奔放に生きる皇子であった〉

通憲は三条高倉第に雅仁を連れて帰り、妻の朝子が手伝って着替えをさせた。

「雅仁様。むやみなお忍び歩きはどうぞお控えになってくださりませ。こともあろうに博打など。所詮は損をするようにできておりまする」

通憲が諫めるのを、雅仁はにやにや笑って聞いている。

「なるほど。そなたが申すと生々しい。そなたたち夫婦が私の乳父母になったは、一世一代の大博打であったろうゆえ」

雅仁が庭に出ていくのを目で追い、通憲は嘆息した。

「……なんとまあ。見事に見抜いておられることよ」

「感心している場合ではございませんでしょうっ!」

朝子がぺちっと通憲を叩いた。鳥羽院の寵愛が得子に移ったしわ寄せがここにもあり、雅仁の生母・待賢門院璋子の影が薄くなったことを、朝子は雅仁の乳母として気に病んでいた。

「〽舞へ舞へ蝸牛　舞はぬものならば　馬の子や牛の子に蹴ゑさせてん　踏み破らせてん　実に美しく舞うたらば　華の園まで遊ばせん」

庭で、雅仁が蝸牛と戯れながら歌っている。

まるで童そのもので、通憲は頭が痛い。

「今度は今様か……」

「かように奇行ばかりしておいでの宮様が、帝になどなれるものですかっ」

朝子は博打の勝負が決まる前から、期待より諦めが先に立った。


清盛は思いがけない人と再会を果たした。

「子が生まれたと聞き、一目そなたに会いとうなった」

祇園女御がわざわざ訪ねてきた。白河院の寵愛を一身に受けていた頃の華やぎは影をひそめ、かつての美貌をうかがわせてはいるが、一線を退いたつつましさがある。

「ぜひ、わが子にも会うてやってくださりませ」

清盛が目くばせすると、廊下にいた盛国が赤子を抱いて部屋に入ってきた。

「清太と名づけましてござります。清盛の太郎ゆえ」

「清太……」

祇園女御が清太を抱き、あどけない顔をのぞき込んだ。

「なんとかわいらしい……よう似ておる……あの日、舞子に抱かれておったそなたに」

「……舞子とは、私を産んだ母にござりまするか。もとは白拍子で……赤子の私の前で、白河院に命を奪われたという」

祇園女御が目を伏せた。

「すまぬ……要らぬことを申した」

「いえ。私はもう妻を持ち子をもうけた身にござります。生まれなどどうであっても今さら気にもなりませぬ」

「……まこと、そなたは、たのもしゅうなった。これで思い残すことなく故郷に帰れる」

「都をお出になるのですか」

清盛には寝耳に水の話だ。

「……いま、あちこちで芽吹き出しておる。法皇様が撒き散らした禍の種が」

祇園女御はふっと遠くを見る目になり、清太を盛国の腕に戻すと、持参してきた双六盤を出した。清盛に見覚えのある双六盤だ。幼かったある日、この双六盤で祇園女御と勝負し、勝った褒美に唐果物をもらったのを覚えている。

「ささやかな祝いの品じゃ」

「双六盤を……でござりまするか」

「清盛。双六はおもしろき遊びよの。賽の目の出方ひとつで駒の動きが変わる。後れをとっていた者でも、よき目を出せば勝ち上がることができるのじゃから」

将来を予見し、祇園女御は含みのある言い方をした。


東国にいる義朝と正清は、山中での暮らしから抜け出しておらず、さすがに疲労の色が濃い。武士としての腕を磨き、源氏の名をあげるはずが、猟師のように獲物を倒して食い、たまに太刀を抜くのは山賊に襲われたときくらいだ。

「これでどうして源氏の名をあげることなどできましょう……もう都に帰りとうござります」

正清が弱音を吐くなど、よくよくのことだ。

「……正清、この木に登ろう。勝負じゃ、いざ！」

義朝は先にするすると木に登り始め、下方から見上げている正清を挑発した。

「遅いぞ正清」

「なんの、負けませぬ！」

正清が本気を出して登り、義朝を追い越してほどよい枝に腰かけた。

「いかがで！」

「やれやれ。いまだに木登りではお前にかなわぬな」

義朝は素直に脱帽し、あつらえ向きの枝を見つけて腰を下ろした。

「俺に木登りを教えてくれたのは正清、お前だ。足のかけ方。次につかむ枝の探し方。それをまちがえなければ、落ちることなく、誰よりも早く、てっぺんに登れる……このよき景色を眺めることができる」

あたり一帯を眼下に見れば、将来の展望が開けてくる気がする。

「……いま少し、俺に付き合うてはくれぬか、正清。この東国での修行を、誰よりも早くてっぺんに登るための強き枝と信じたいのだ」

「しかたがござりませぬな。落ちるときはもろともにござります！」

義朝と正清は、一蓮托生を確かめ合った。

下から落ち葉を踏む音が聞こえ、義朝は素早く太刀を手にした。

「怪しい者ではござりませぬ」

一人の男が、木の下から見上げている。

「このあたりに、山賊をものともせず、たいそうな弓・刀の上手が暮らしておると聞きまして」

「それはこの源義朝様だ」

正清が誇らしげに答え、「おお」と、男は感嘆の声を上げて跪いた。

「私は相模の三浦義明と申す者。わが祖先は、後三年の役では八幡太郎義家様に従いましてござります」

「わが曾祖父に……」

義朝の曽祖父・八幡太郎義家は、奥羽で起きた戦乱、後三年の役を平定したことにより、東国に源氏の勢力基盤を築いたことで知られる。

義明が話を続けた。

「相模国三浦を知行しておりまするが、近頃隣の荘園の者どもがわれらの土地を荒らし、手を焼いております。義朝様のお力をお借りできますればこれほど心強きことはござりませぬ」

「……その連中を退治した暁には」

義朝の問いに、義明は恭しく応えた。

「三浦の一族をあげて、あなた様に従いまする」

「――参ろう」

義朝に流れる源氏の血が騒いだ。来たるべき世に備えて、まずは源氏の力を蓄えなくてはならない。

清盛と義清は、夜の警固について鳥羽院御所を巡回していた。南殿にさしかかり、人影があるのを訝しく思って近づくと、璋子がぼんやりと庭を眺めている。季節が廻れば一面が菊でおおわれる庭だ。

人の気配を感じて、璋子が顔を上げた。清盛と義清は、一礼して踵を返そうとした。

「……佐藤義清か。いつか、歌合せで会うた」

驚いたことに、璋子は義清を覚えていた。

「……お見知りおきいただき恐悦至極にござります」

「帝がそなたを気に入り、お離しにならぬと聞いておる……これからもよき歌を詠んでさしあげるがよい」

璋子から言葉をたまわり、義清は言おうか言うまいかしばし逡巡した。

「……恐れながら。帝が私を離されぬは歌のためのみではないと存じまする。待賢門院様は……いかがお思いなのでござりまするか……内裏にてひとり心細くお過ごしの帝のことを」

璋子はぼんやりと義清を見た。答えを考えているようでもあり、質問の意図がわからないようでもある。

「璋子様。またこちらにいらしていたのですね。さ、戻りましょう」

堀河局が割り込んできた。義清が薄い笑みを作って会釈すると、堀河局はぷいっと背を向け、璋子を連れて行ってしまった。

清盛は見て見ぬふりができない。

「おい、なんだ、今のは」

「堀河殿は私が妻を得てからあの調子なのだ」

「そうではない。なにゆえ待賢門院様にあのようなことを」

「……ここでは話せぬ」

義清が口をにごした。


夕方、清盛は義清の館を訪れ、ともに酒など飲みながら口外無用の話を聞いた。崇徳帝の出生の秘密だ。鳥羽院が璋子を遠ざけ、得子を寵愛する理由でもある。

「そうか。禍の種とは……いや。祇園女御様がおっしゃっていたのだ。白河院の撒き散らした禍の種があちこちで芽吹き出しておると。あのもののけ。死してなお暴れ続けておるわけだ」

水面下で蠢《うごめ》いていたものの正体。清盛はその一端を見た思いだ。それにしても、義清はなぜか自ら禍の渦に飛び込むような危険を冒そうとしている気がする。

「それで、お前はなにをしたいのだ」

「……お救いしたいのだ。帝を。そのために、待賢門院様に目を覚ましていただきたい」

「……おい、義清。まさかお前……待賢門院様にまで手を出すつもりではあるまいな」

「私はそこまでこわいもの知らずではない」

義清は笑って否定した。


一年ほど過ぎた保延五（一一三九）年五月。

「……おのこじゃ。皇子様じゃ。ついに皇子様を産んだぞ！」

得子の凄まじいまでの一念が天に通じたのだろうか。親王が誕生し、躰仁《なりひと》と名づけられた。

〈ぎりぎりに保たれていた王家の均衡を崩す命が誕生した。この皇子の誕生は、藤原摂関家にも一大事であった〉

「得子様の執念、あっぱれと申しておこう」

忠実が舌を巻いたが、忠通はますます焦慮にかられた。

「感じ入っているときではござりませぬ。中宮であるわが娘はいまだ帝の子を産んでおらぬのですぞ！」

「さて。産んだところでどうなることか」

「産めば帝の一の宮でござります。得子様の産んだ子などより、はるかに帝の座に近い。さすれば私はその外祖父となりまする」

今さらわかりきったことをと思うが、忠通は順を追って説明した。

その性分が、忠実には癇《かん》に障《さわ》る。

「……忠通よ。前々から思うておったが――そなたはおもしろうない男よのう。申すことがいちいちまともすぎるのじゃ」

「ま……まともで何がいけませぬか」

「まともにおわさぬのが今の王家ぞ」

忠実が苛立った。

ここは大炊御門の頼長の邸である。頼長は鸚鵡に餌を与えていたが、忠通と忠実、二人の父のやりとりに口を出した。

「宇治の父上のおっしゃるとおりにございます。まともに入り込んで巻き込まれるのは愚の骨頂。帝を要とした政、そしてそれを支えるわれら摂関家。それがあるべき姿でしょう。そのために今なすべきは政略にあらず。粛正にございます」

「シュクセイ……シュクセイ」

鸚鵡がまねた。


崇徳帝との歌合せの日、義清が内裏に出仕すると、帝の近臣から歌合せは日を改めるとの達しがあった。崇徳帝の具合がよくないという。義清が退出しようとしたとき、御簾の向こうに崇徳帝が現れた。御簾越しにも、崇徳帝が面やつれしているのがわかるほどだ。

鳥羽院御所で菊の宴が催された後日、崇徳帝が激白したことがあった。鳥羽院が叔父子と呼んで崇徳帝を忌み嫌っていると。

(義清。信じられるのはそなただけじゃ……そばにおってくれ。朕をひとりにせんでくれ)

御簾の中をうかがえば、崇徳帝がじっと義清を見つめている。その無言の訴えを受け止め、義清は御簾に向かって平伏した。

「……心得ましてござりまする」

鳥羽院御所で、得子待望の皇子・躰仁の誕生を祝う宴が始まろうとしている。御所の庭がたくさんの招待客でにぎわう中、鳥羽院、得子、乳母に抱かれた躰仁らが姿を現した。

忠実、忠通に格好の話題となったのが、鳥羽院から離れて座る待賢門院璋子と堀河局だ。

「ほっ、ほっ。待賢門院様までお招きとは」

「得子様も気がお強いゆえ」

こんなときばかりは、日頃は反目している父と子の気が合った。

やがて、鳥羽院から挨拶の言葉が下された。

「このたび生まれたわが九の宮躰仁である。みなで得子をいたわり、躰仁の誕生を祝うてやってくれ」

得子は勝ち誇った笑みで躰仁を見つめ、そんな得子に璋子はぼんやりした目を向けている。

「義清。佐藤義清はおるか」

得子が客たちの中に姿をさがし、「御前に」と答える声とともに義清が出てきた。

「そなたを招いたはほかでもない。いつぞやのように、この祝いの場にふさわしい歌を詠んでもらいたいのじゃ」

「……では、恐れながら一首」

義清は、璋子がいることを意識して詠んだ。

「瀬をはやみ　岩にせかるる　滝川の　割れても末に　逢はむとぞ思ふ」

客たちはみな感動できる歌を期待したが、義清が詠んだ歌はこの宴に似つかわしいとは思えず、肩透かしを食らった。

得子はことさら不満だ。

「……なんじゃそれは」

「……恐れながら、この場においでになることのできぬ帝のお歌にございます」

帝と聞き、鳥羽帝が気色ばんだ。

義清が不穏な空気を招いたことに、清盛は不安を覚えた。いつか義清が、帝を救う、と言ったことと関係しているのだろうか。

得子が怒りをこらえて詰問した。

「帝の歌じゃと……なにゆえさようなものをこの場で」

「帝におかれましては、躰仁様のお誕生をお喜びのことと存じます。まことならば、帝には、弟宮様にござりますゆえ。されど、兄として祝うことのできぬご自分のお立場もようおわかりになっておいでです。今は別れ別れとなっていても、いつか会いたい――この場にふさわしきお歌と思い、ご披露いたしました次第にござりまする」

義清は、得子に返答しつつも、その向こうにいる璋子に訴えかけている。果たしてその思いが通じたのか、鳥羽院は沈黙し、得子は憤慨し、璋子の表情からは感情が読み取れない。

「あははははは！　あはははははは！」

しんと静まり返った庭に、甲高い笑い声がこだました。清盛はもちもん、その場の一同があっけにとられて声のするほうを見ると、雅仁が腹をかかえて笑っている。

鳥羽院が不快感をあらわにした。

「……雅仁……なにを笑うておる」

「わが兄である帝らしく恨みがましいお歌と思いまして」

雅仁はひとしきり笑って気が済んだのか、すっと真面目な顔になった。

「このたびは躰仁様のお誕生、おめでとうございまする。かわいい弟宮を私にも抱かせていただいてよろしゅうございまするか」

御影が躰仁を抱いて、雅仁のもとへ連れていった。

「おお。なんとかわいらしい。やわらかな頬じゃ」

雅仁はふっくらした躰仁の頬をつつき、きゅっとつまんだ。きゅっ、きゅっ、とつまみ、ぎゅーっ、とつねり上げて、躰仁を大泣きさせた。

「なにをする……！」

得子が柳眉を逆立て、御影が慌てて雅仁から躰仁を取り上げた。

「雅仁。戯れがすぎる」

鳥羽院から叱られ、雅仁はここぞとばかりに反論した。

「私の戯れなどかわいいもの。あなたがたの戯れの果てに生まれたのがこの躰仁にございましょう。帝を叔父子と呼んで疎み、正妻を遠ざけ、政に差し障りが出るほどにお側女《そばめ》にのめり込む。これが戯れでなくてなんでございましょう」

「雅仁……！」

鳥羽院が怒りと屈辱に身を震わせるのを見つつ、忠実や忠通からこっそりと失笑がもれた。くすくす笑いをかみ殺す公卿さえいるが、頼長は眉をひそめている。

清盛はあいた口がふさがらない。とんだ茶番劇ではないか。

雅仁は追求の矛先を得子に転じた。

「――そしてその院のお側女得子様。躍起になって皇子を産んだは、国母になろうという野心にござりましょうか。国の頂での壮大なるお戯れ。さぞかし楽しゅうござりましょう」

「……私は国母の座など欲してはおらぬ。ただ、この福々しげな女に地獄を味わわせたいだけじゃ」

得子に睨みつけられ、璋子は不思議そうに見つめ返した。その悩みとは無縁なさまに、得子は堪忍袋の緒が切れた。

「上皇様に入内しながら先の院との密通を続け子をなし。あろうことか、その子を帝の座につけ、上皇様を傷つけ。そのことになんの罪もおぼえておらぬ」

「得子！」

鳥羽院の制止も、もはや得子にはきかない。

「なにもかも失わなければ、この女は目をさまさぬのじゃ！」

「もうよい！」

鳥羽院のとげとげしい声音に、宴の空気がささくれ立った。

得子は口を閉じて鳥羽院を見、鳥羽院がすっと得子から目を背けた。

ざわついていた客たちが静まり、事のなりゆきを息を凝らして見守っている。

璋子の目に涙があふれた。

「……わからぬのじゃ、私には。人をいとしく思う気持ちというものが。私はただ……法皇様の仰せのままに。私をお育てくださった、法皇様の仰せのままに」

水晶のように澄んだ涙があふれてはこぼれ、からっぽだった璋子の瞳が感情豊かにキラキラと輝いている。

義清はその瞳に魅せられた。

「あはははは！　お聞きになりましたか上皇様！　これがあなた様の妻、これが私の母上にございます！　あはははは！」

雅仁の笑い声が虚ろに響いた。

通憲と朝子は顔を見合わせ、朝子が頷いて雅仁を連れ出した。

興がさめた宴に、頼長はさっと見切りをつけた。

「――上皇様。恐れながら、帰らせていただいてもよろしゅうございまするか。いささか気分が悪うございまする」

鳥羽院の許しを待たずに、忠実も帰り支度を始めた。

「――ほっ、ほっ。かようにおもしろき宴は初めてにございました。院のご心痛をお察し申し上げまする。われら藤原摂関家、いつでもお力になりましょうぞ」

忠実と頼長が宴の場から去ると、ほかの公卿たちもひとりふたりと帰っていった。

「――上皇様」

家成に促され、鳥羽院が憔悴した顔で去り、得子と躰仁を抱いた御影ら女房たちがあとに従った。

璋子はよろめき、堀河局に支えられて去った。それを見送り、義清が出ていく。

招待客がいなくなった宴の席に、清盛と通憲が残った。

清盛は鬱積した思いを吐き出した。

「これが皇子様のお誕生を祝う宴にござりますか。誰もかれも。生まれてきた子をおのれの欲得のための道具としか思わぬ。人の痛みもわからぬ。かような方々によってこの国は治められておったのですか……」

「それがこの国の今じゃ」

「通憲殿もか」

「さよう。いずれ雅仁様が帝となる日に賭け、乳父となった」

「通憲殿までもがさようなことを！」

「清盛殿。きれいごとだけでは政はできぬぞ。雅仁様こそは王家に渦巻く積年の鬱屈より流れ出た膿。すべての歪みを抱え込んだ毒の巣じゃ」

「毒の巣……？」

「国にもの申すなら、あのお方を知らねばならぬ」

朝子が泡を食って駆け戻ってきた。

「また雅仁様がお姿を消されてしまいましたよっ！」


居室に戻ると、得子は激情にかられて鳥羽院に詰め寄った。

「今もいとしく思うておいでなのですね。待賢門院様を。なにゆえでござりまするか。さんざんにあなた様を傷つけた女にござりましょう！」

「……すまぬ。得子。なにゆえかわからぬ…されど、いとしく思うほどに、璋子を傷つけとうなる。そして傷つけるほどに……璋子をいとしく思うのだ」

鳥羽院の告白は、得子をとことん打ちのめした。うがった見方をすれば、得子の存在は、鳥羽院が璋子への思いを深くするために必要とされたのではないか。

得子の心の痛みは、璋子への激しい嫉妬へと変わっていった。


「……堀河。もうよい。ひとりになりたいのじゃ」

璋子の足は南殿にある菊の庭へと向かった。今は一輪の菊も咲いていない庭の前に立っていると、義清が璋子を見つめている。

「あなた様が知らず知らず人を傷つけてしまうのは、あなた様ご自身が傷ついておいでになるからです。傷ついておることに気がつかぬほどに、幼き頃より長きにわたって。されど、きっと眠っておりまする。あなた様の心の奥底に……人をいとしく思うお気持ちが。そのからっぽな瞳の奥に——誰も見たことのない美しきものが宿っているのが、私にはわかる」

語りかけながら、義清は少しずつ歩み寄り、璋子の手をとった。

「……なにをする。控えよ」

「待賢門院様。これが、いとしいという気持ちにござります」

義清は璋子の手を引き寄せ、胸に抱きすくめた。

「お救いしとうござります。待賢門院様」

「義清。ならぬ」

「あなたの心の奥底の美しきものを、私が引き出しとうござりまする……！」

義清の腕に力がこもる。璋子の体から力が抜け、義清に身をゆだねた。

夕暮れの町を、清盛は一軒一軒博打場をのぞいて雅仁を探した。路地から路地へ抜けたとき、小さなくしゃみが聞こえた。身ぐるみはがされて、肌着姿になった雅仁が身を隠すようにしている。

「雅仁様……そのお姿は！」

駆け寄った清盛に警戒したのか、雅仁は怪訝そうにしている。

清盛は急いで手をついた。

「肥後守平清盛と申します。雅仁様をお探し申し上げておりました」

「……通憲の申したとおりじゃ。博打など、損をするようにできておる」

清盛は六波羅の館に雅仁を連れ帰り、侍女たちに命じて雅仁の着替えを手伝わせた。着替えが終わると、緊張がほぐれて落ち着いてきたのを見て、雅仁の前に座した。

「……お聞かせいただいてもよろしゅうございまするか。度を越したお戯れのわけを」

雅仁は質問には答えず、あざけるような目で清盛を見た。

「平清盛……そなたであろう？　武士に引き取られた白河院の落とし胤というは。人は生まれてくることが、すでに博打じゃ。負けて損をするが大方のなりゆきじゃ」

「……さようなことはござりませぬ。生まれは変えられずとも、生きる道は変えられる。私は武士となってよかったと思うておりまする」

「……あはははは！　途方もない負け惜しみじゃ。あはははは！」

「……その笑い声。私には赤子の声にしか聞こえませぬ。自分はここにいると。腹をすかせておると。母を求めてわめき散らす赤子の泣き声に」

清盛がずばり急所を突いた。

雅仁は耳が痛い。むっとして清盛を睨んだとき、双六盤が目に入った。

「――清盛。双六をするぞ。負けた者は、勝った者の願いをひとつ、必ず聞き届けるのじゃ」

雅仁はほしいままに賽を振って駒を進めた。

仕方なく清盛が相手をつとめていると、別の部屋で寝ていた清太が目をさまし、よちよちと来て双六のそばにちょこんと座った。

「父上……」

「清太。今はならぬ。向こうへ行っておれ」

清盛が注意し、侍女が清太を外に連れ出そうとするのを、雅仁が止めた。

「かまわぬ」

清太はおもしろそうに双六を見ている。

雅仁が悪趣味な趣向を思いついた。

「……決めたぞ。わしが勝てば、この子どもをもらう」

「さようなことは聞けませぬ！」

「よいから黙って賽を振れ。わしが勝てばの話じゃ。そなたが負けなければよい」

我を通す雅仁に、清盛は折れざるを得なくなった。双六を楽しむ雅仁は先へ先へと駒を進めて優位に立ち、清盛は手が震えてしまい賽を振ると小さな目ばかりが出る。次に清盛が振る賽で、二つ合わせて十以上の目を出さないと負けが決まる。

清盛は蒼白になった。

「……お許しくださりませ。これればかりは。なにとぞ……なにとぞ！」

「ならぬ。賽を振るのじゃ」

清盛と雅仁とで押し問答になり、清盛がはっとした。

「清太！　ならぬ……！」

清太が賽を手にし、ぽいと振った。止める間もない出来事で、床を転がったふたつの賽は、ひとつの目が四で止まり、もうひとつはさらに転がって六の目で止まった。

「は……ははは……十じゃ。十が出たぞ」

清盛は安堵に間の抜けた声を出し、気を取り直すときょとんとしている清太の手をとった。

「……よし。駒を進めるぞ。ひとつ。ふたつ。みっつ……」

清太は「ひとつ。ふたつ。みっつ」と真似て、父に手をとられて一緒に駒を動かした。

「……邪魔しおって」

怒気を含んだ声に、清盛がぎょっとして雅仁を見ると、恐ろしい形相で清太を睨んでいる。

「せっかく楽しんでおったものを……幼子であっても許さぬ！」

雅仁は双六盤に手をかけ、清太に投げつけんばかりに持ち上げた。

「おやめくださりませ！」

清盛が身をもって清太をかばった。

「清太を傷つけることだけはおやめくださりませ。勝った者の願いはきっと聞き届けるとの約束です。この先、清太に害をなそうとされることあらば……雅仁様のお命ちょうだいつかまつる！」

清盛は本気だ。わが子のためならば、たとえ鳥羽院の皇子であろうと手をかける覚悟だ。

雅仁が双六盤を放り出した。

「……もろいものぞ。親子の絆など」

「平氏は王家とはちがいまする！」

「だがそなたにも流れておる。王家の血……白河院の血が。きっといずれ疼こうぞ。現に生けるもののけの血が。あははははは！　あはははははは！」

雅仁は高らかに笑いながら出ていった。

庭に出ると、雅仁は笑うのをやめた。何かを見据える二つの目が、暗い光を放っていた。

〈四の宮雅仁。のちの後白河帝と清盛の、長い長い双六遊びの始まりであった〉

双六盤、賽、駒が散乱した部屋に、雅仁の声が後を引いて清盛の耳に残っている。

清盛は清太をしっかりと抱きかかえ、雅仁が去ったほうを見据えた。震えがまだ収まらない。

だが、清盛の二つの目には、守るべきものを断固守り抜く毅然とした決意がみなぎっていた。

第十章　義清散る

朝の寝所の帳《とばり》の中で、璋子は寝乱れた黒髪で放心し、うっとりとつぶやいた。

「長からむ　心も知らず　黒髪の　乱れて今朝は　ものをこそ思へ」

「璋子様……！」

堀河局は声をかけ、帳にさっと目を走らせて何が起きたかを悟った。

同じ時分、男が人目を忍んで鳥羽院御所を出た。後朝の別れをしたばかりの義清だった。


鳥羽院が渋い顔をした。

「躰仁を東宮とするについては、異を唱える公卿が少なからずおる」

「なにゆえにござりまするか」

「申しにくいが、そなたの出自を問うておる」

「……次の帝と定めるには母である私の身分が低いと？　それしきのこと、あなた様が退ければ済むことではございませぬか」

得子がねじ込んだ。璋子への対抗心に燃え、生まれたばかりの躰仁を早く東宮に擁立しておきたい。そのためには、鳥羽院の同意がなくてはならない。

「得子。これは政ぞ。おおかたの公卿の申すことを無碍《むげ》にはできぬ」

もっともらしい理由だが、得子はごまかしを許さず、鳥羽院を凝視して本意に迫った。

「見苦しや。躰仁を東宮に望まれぬは、あなた様ではございませぬか。もう結構にございまする」

ふっと笑い、立ち上がった得子に、鳥羽院は無茶をするのではないかという危惧を抱いた。

「得子！　なにをするつもりじゃ」

「――政にございます」

立ったままで鳥羽院を見ると、得子は悠々と部屋を出ていった。

得子の行動は迅速で、関白・藤原忠通に目をつけるとすぐさま一室に呼び出した。

「関白様。そなた様の娘は中宮聖子様にございまするな。帝のもとへ入内して十年。中宮様にはいまだお子がおできになりませぬ……なかなか思惑通りにはいかぬものにございますな」

思わせぶりに言葉を切った得子は、意味深長な視線を忠通に向け、近寄ってその耳元で小声を出した。

「いかがでしょう。関白様……わが皇子・躰仁を、中宮様の養子にしては？」

「九の宮様を……聖子――中宮の養子に？」

「これは宮中の噂ですが。近ごろ帝は中宮様ではのうて、おそば近く仕える女房と睦まじくしておいでとか。もしやその女が帝のお子を産みでもしたら、中宮様のお気持ちは、お立場は——と、考えると、私も胸が痛うござりましてな」

得子は同情を装いながら、忠通の心が揺れたのを確かめていた。

事はとんとん拍子に進み、保延五（一一三九）年八月。生後わずか三か月の躰仁が、次期帝となる東宮に擁立された。躰仁を帝と中宮の養子としてしまえば、誰にも異の唱えようがない。忠通を味方に引き入れた得子の作戦勝ちだった。


こうした駆け引きが、清盛は得意ではない。武芸場で義清と顔を合わせた機会に、何がどうなるのかを聞くと、義清はきりきりと弓を引きながら答えた。

「まず宮中における得子様のお力がますます強まることになろう。いずれ躰仁様が帝となられれば、国母となるお方ゆえ」

「躰仁様はまちがいなく帝になられるのか？」

「おそらく。だが、何が起こるかわからぬ世だ」

義清が矢を放った。的の中央に見事に当たっている。

「……雅仁様が帝になられる見込みは？」

「ああ。あのうつけのようなお振る舞いの宮様か。それはなかろう」

「……ならばよい。まかりまちがえて、あのようなお方が治天の君となられれば、世は終わりじゃ」

清盛の思考回路はまっすぐでわかりやすいが、義清は辛辣な風刺をきかせた。

「いや。今もすでに救いようがない。私たちがお仕えしている鳥羽の院があの体たらくとは。心底あきれた。私たち武士が、お守りせねばならぬ」

義清が次の矢を射た。やはり見事に的の中央を射貫いているが、義清は嬉しがるでもなく、自信に満ちて泰然としている。

「頼もしいぞ、義清！　お前がやる気になってくれるなら、かように頼もしいことはない！」

心強い友の存在を喜ぶ清盛の目の前を、義清が射た次の矢が的を目指して飛んでいった。


通憲を書斎に通しておいて、頼長は文机の書物から目を離そうとしない。

「子曰く。富と貴とは、是れ人の欲する所なり。其の道を以てせざれば、之を得とも処らざるなり」

続く一節を、通憲が暗誦した。

「貧と賤とは、是れ人の悪む所なり。其の道を以てせざれば、之を得とも去らざるなり。君子は仁を去らば、悪《いず》くにか名を成さん。君子は終食の間にも仁を違うことなく――」

頼長がまた読み、通憲と二人の声が重なった。

「――造次《ぞうじ》にも必ず是に於いてし、顚沛《てんぱい》にも必ず是に於いてす」

通憲が表情を和らげた。

「『論語』里仁第四にござりまするな」

頼長が鷹揚に頷き、机上の『論語』の該当箇所を示した。

「正しき道を用いずに得た高い地位に安住するは君子のすることではない。それが分をわきまえぬ諸大夫の娘にかき回されおるが今の王家の有様」

「得子様がことにござりまするな」

「あの宴よりこちら、前にも増して露骨に振る舞っておる」

「すべてはあの場での雅仁様のお振る舞いが引き起こしたこと。乳父としてお詫び申し上げまする」

通憲は軽く頭を下げた。

「それにも増して許しがたきは、あの歌詠みの武士じゃ」

「おお。確か佐藤義清と申す者」

「祝いの歌を詠めとの仰せに、帝のお歌を披露し、みなの前でそのお心の内を解き明かすとは。いけしゃあしゃあと、こざかしきことを」

「いかにも」

「加えてあの見目麗しさ」

「いかにも――え？」

「こざかしく麗しき者が国を滅ぼすは世の常……佐藤義清はいずれきっとなにかしでかす」

頼長は不吉な予測をした。


たまには一緒に夕餉の膳を囲もうと、清盛は自邸に義清を誘った。迎えに出た明子は、清盛と盛国だけでなく、なかなかに男前の武士がいるのにドギマギして頬を赤らめた。

「お初にお目にかかりまする。佐藤義清と申します」

「あ……は……初めまして……妻の明子と申します」

侍女たちまでがみなそわそわし、それとなく髪に手をやって身なりを整えたりしている。

「義清様のお噂は京中のおなごが存じておりますゆえ」

盛国が苦笑いした。

清盛はやってられない。

「見目麗しく、文にも武にも長けた男だというのであろう？　もう聞き飽きたわ」

「ふふ」

笑って認めたということは、義清に謙遜の二文字はないらしい。

「その白々しい笑みをいちいち咎めるのも飽きたわ」

むくれたのは清盛だけではない。庭にいる兎丸、豊藤太、荒丹波、麒麟太夫もふてくされている。

義清が真顔になった。

「されど私はお前さんがうらやましいぞ、清盛。私をふったおなごを妻としたのだからな」

明子が目を白黒させた。

「殿。私、断じてさようなことは」

「わかっておる。俺に代わってそなたに歌を送ったがこやつなのだ」

「まあ」

明子は、今の今まで知らなかった。あの当時、歌をしたためた文を何通ももらい、いたずらに積み重ねられていった。明子は歌より、無骨で、温かい清盛の告白に、頑なな心を開いた。

わかっていて義清は、たわむれに未練を残してみせた。

「かようにお美しきお方を存じておれば、私の名でもっと熱烈な歌を送るのであった」

一瞬のうちに、おなごをうっとりさせる、義清の本領が発揮された。

「黙って聞いてりゃ……なんやねん、このやさ男は！」

どうやら兎丸は義清とそりが合わないらしい。力自慢なら兎丸の本領が発揮されると、義清と相撲での勝負に臨んだ。兎丸は闘志の炎を燃やして挑んだが、義清はひらりと身をかわし、つんのめった兎丸の背中をちょんと押して倒してしまった。

「勝負は熱くなったほうが負けだ」

涼しい顔で言ってのける義清に、兎丸は地面を叩いて悔しがった。


旨い酒と、美味い肴でもてなされ、義清は堪能して清盛の家から帰っていった。

見送る清盛と盛国は、充実した夜を共に過ごした余韻を味わった。

盛国は感服することしきりだ。

「……噂以上のお方にござりますな」

「まったく大した男じゃ……義清がおる限り、義朝の申したことがいつかまことになる気がする。武士は王家の犬ではない。武士がおらねば王家は何もできぬことを、いつか思い知らせてやる、と。きっと義清はその要となる男じゃ」

そんな友がいることは、清盛の張り合いでもあった。

帰宅した義清は、迎えに出た妻・春子を先に休ませ、足元にきて鳴く猫を抱き上げた。数年前、清盛と鳥羽院御所の周辺を警固中に見つけた野良猫で、すっかり居ついてしまった。

「殿。こちらが届きましてございます」

家人が文を差し出した。

夜更け、こっそりと家を抜け出した義清は、璋子の別宅に忍び入り、庭を横切り、寝所の帳の中に身をすべらせた。

「……待賢門院様」

女の手にそっと触れると、女が義清の手をつかんで振り返った。

「よくもまあ、ぬけぬけとおいでになりましたこと」

「……堀河殿。ずいぶんとお人が悪い。待賢門院様はいかがお過ごしだ」

「……あの日からご様子がおかしくていらっしゃいます」

「おわかりになったのではないか？　人をいとしく思う気持ちが、いかなるものか」

「……義清殿。あなたのしたことが世に知れたら、ただでは済みませぬ。璋子様も、あなたも。二度と璋子様をお訪ねにならないでくださりませ」

「……ではだれが待賢門院様をお救いするのだ？」

「救おうなどと思うのがおこがましいのです！　義清殿。私はあなたとの秘め事を楽しみました……されど、あなたを心よりいとしく思うたかといえば、さようなことはございませぬ。あなたが誰よりもいとしいと思うているのは、あなたご自身ですもの」

痛烈な一矢を報いると、堀河局は帳を出て、義清を残して立ち去った。

東国に活路を開こうとしている義朝、正清主従は、三浦義明の一族を家臣とし、上総《かずさ》氏の当主・上総常澄に加担して勢力の拡大を図っていた。

この日、義朝たちは上総にある千葉氏の荘園に行き、領有する千葉常重との直談判に及ぼうとした。いや、千葉氏の家人たちにとっては、ずかずかと押し入ってきた義朝たちは曲者に等しい。

「ここが千葉常重様の館と知っての狼藉か」

「これしきを狼藉とは片腹痛い。上総一族の土地を我が物顔で踏み荒らしておる者たちが」

筆頭家人の非難を、義朝が切り替えした。

「……であえ！　上総の手先が言いがかりをつけに参ったぞ」

筆頭家人は家人たちを呼び集め、武力で義朝たちを追い払おうとした。

館の外で待機していた義明とその郎党たち、上総常澄は、弓矢や太刀の音を聞くや館内になだれ込んで義朝と正清に加勢した。

義朝は他を圧倒する戦いぶりで、千葉氏の家臣を端から投げ倒した。

常澄は義朝とともに戦いながら、この若武者に匹敵する者はいないと実感した。

「聞きしにまさるご武勇！　われら上総一族も義朝様の家臣にお加えいただきたく、お願い申し上げまする」

〈この頃、東国では土地の境界をめぐる争いがあちこちで起きていた。わが父・義朝はその一方に加勢することで、次第にその武名を高め、家臣を増やしていった〉

平氏の武名も上がる一方で、新たな難敵と立ち向かう日々を送っていた。

奈良から京へと入る境界あたりに、神輿を担いだ春日大社の強訴の大衆が押し寄せた。強訴の中心は僧兵だ。

「春日大社に礼を尽くさぬ別当・藤原顕成を解任せよ！」

「京に入ることはまかりならぬ！」

忠盛を棟梁とする平氏は、忠正、家貞、維綱、忠清、清盛、家盛ら一門が総出で大衆を押しとどめた。

「そこをどかぬか、王家の犬どもが！」

僧兵がわめき、中には長刀を振り回す者もいて強行突破しようとした。

そうはさせじと、平氏の武士たちは防御する。もみ合う中で、家貞の大声が聞こえた。

「神輿さえ外せばよい、射かけよ！」

清盛は強訴の大衆に向かって勇ましく矢を放った。清盛に続けとばかりに、平氏の武士たちが矢を射かけていく。大衆がじりじりと後退し出した。

〈この頃、頻繁に起きていた強訴を退けるために、平氏はしばしば勅命を受け、戦っていた。強訴とは、王家や朝廷の決定に不満を持った悪僧がその意を通すため、神輿を担いで訴える行為である。平氏の武力はまごうかたなく、王家にとってなくてはならないものとなっていた〉

年の瀬も押し迫った十二月二十七日。雅仁が元服した。

伝統にのっとった儀式が進行し、雅仁が奇抜な行動をする素振りもない。

通憲はほっと肩の荷を下ろした。

「さすがに今日は雅に振る舞うてくれておる」

雅仁は加冠役から祝詞をたまわり、見守る鳥羽院と璋子に挨拶をして、元服の儀式は滞りなく終了した——はずだった。

ところが元服式が終わると、男装した白拍子たちがぞろぞろと登場し、雅仁のまわりを舞いながら今様を歌い始めた。

「〽よくよくめでたく舞ふものは　巫　小楢葉　車の筒とかや　やちくま　侏儒舞　手傀儡　花の園には蝶　小鳥」

雅仁も一緒に口ずさみ、踊りに加わった。

通憲と朝子は困惑のきわみで、乳父母とはいえ、どうにも取り繕いようがない。

雅仁は歌いながら、鳥羽院に挑発的な視線を送った。

鳥羽院の怒りが炸裂した。

「雅仁……！　これより先は立場をわきまえ、それにふさわしき振る舞いをせよ！」

「はて。ふさわしき振る舞いとは？　私はこの先、帝になるわけでもなく、王家の片隅にてのんびり生きて参る身。好きな今様でも歌うて過ごすのがもっともふさわしいと存じまする」

あえて角が立つ言い方をすると、雅仁はまた今様を歌い、踊り始めた。

元服したのちも、雅仁の奇行は収まるどころか、かえって周囲を巻き込んでいくようだった。

年が明けて保延六（一一四〇）年、まだ風が冷たく感じる早春の頃。

雅仁が今様を口ずさみながら廊下を行くと、御影ら女房たちを引き連れた得子が歩いてくる。

「おや。これは雅仁様。先だってはご元服おめでとうござりまする」

「得子様も。おめでとうござりまする。諸大夫の娘が、先の院の寵愛を受けたわが母を蹴落とし、国母となる日も近うござりまするな」

「……あいかわらずお見事にござりまするな。雅仁様。誰に何を申せばもっとも心が乱れるかをよう知っておいでじゃ」

得子は少なからず感じた憤りを皮肉めいた笑みに代えた。雅仁は薄笑いを浮かべている。得子は、あたかも今思いついたかのように小首を傾げた。

「そのねじくれ曲がったご性分。とても院のお子とは思えませぬ……むしろ先の院に似ておいでじゃ。もしやそなた、先の院のお子なのではござりませぬか？　そうじゃ。待賢門院様のこと、充分にあり得ることじゃ。帝が院に疎まれしお子ならば。そなたは院にとって要らざるお子」

どれほどの痛手をこうむったかと思いきや、雅仁はまがまがしい笑みで得子を見ている。得子の気持ちがざわつき、もうひと押し言い添えた。

「生まれてこずとも何の差し障りもなかった皇子ということ――」

「取り消してくださりませ」

驚いた得子が振り返ると、いつの間にか璋子がいる。

「雅仁はまごうことなく院の子にござります。要らざる子などでは断じてござりませぬ。取り消してくださりませ。取り消してくださりませ！」

感情を高ぶらせた璋子は、とうとう取り乱して得子につかみかかった。

「璋子様……！」

追いかけてきた堀河局が止めようとするが、璋子の興奮はなかなか静まらない。

女房たちの悲鳴に、近くの居室にいた者たちがわらわらと出てきて、ひと騒動になった。

璋子と得子が衝突したという話題は、鳥羽院御所の中を駆けめぐり、翌日には北面の武士たちの間にも広まった。武芸場は璋子の噂でもちきりだ。

仲間の話を背中に、清盛と義清は弓矢の稽古に打ち込もうとした。

義清が弓を引いた。いつもと同じ涼やかな表情をしている。ところが、義清が射た矢が的の中央から外れた。

清盛はとっさに義清の顔を見た。一瞬、義清の顔に思い詰めた表情が浮かんだ。何かが起きたのだ。それを義清に尋ねる前に、鳥羽院が出かけるという報せが入った。

「神仙苑の水仙をご見物だ」

「またか？」

「お妃のご苦難などどこ吹く風だな」

警固の支度をしながら、同輩たちが話している。

義清がまた矢を射た。その矢が大きく的を外れた。

「……すまぬが、今日は帰らせてもらいたい」

断りを入れ、義清は武芸場を出ていった。

「清盛、早うしたくをせい」

先輩から急かされた。

「え。あ……」

追いかけそこねて清盛があたふたしている間に、義清の背中は遠ざかっていった。


日が暮れると、璋子は御所の南殿にある菊の庭の前に佇んだ。かつては清楚な水仙が芳香を放っていた庭だ。

誰もいないと思っていたが、暗闇に潜んでいた義清がすっと姿を現した。

「待賢門院様……お待ち申し上げておりました。いつもここにおいでになる。菊が咲いておらずとも……ここになにがあるのでござりまするか？」

「それ以上近づいてはならぬ。あの日のことは忘れよ」

「忘れられませぬ。ご自分でもおわかりになっているはずです。あの日からあなた様は変わられた……からっぽな目でなくなった。人前で取り乱し、得子様につかみかかるほど熱きものが、心の内よりわき上がってきているのです」

語りかけながら、義清は少しずつ璋子との距離を縮め、息づかいが聞こえるほどの近さまで来ると抱き寄せようとした。

璋子が、はっと目を見開いた。義清の体をすり抜け、菊の庭に分け入ると、地面に跪き、菊の茎や葉、草の間を手でかき分けていった。衣装が土に汚れ、白い指が泥にまみれるのもいとわず、懸命に何かを探すうち、璋子が光り輝く笑みをたたえた。

義清は訝しげに、璋子が見ているものをのぞき込んだ。

小さな水仙が一輪だけ咲いている。

「まだ、咲いておったのじゃな。ここに」

璋子はいつくしむように水仙を愛でている。いとしく思う気持ちが、水仙にそそがれている。

義清は悟った。璋子がいとしく思っているのが誰なのかを。

「……許さぬ……」

義清は璋子の肩をつかみ、無理やり自分のほうを向かせた。

「許さぬ！」

義清の両手が璋子の首にかかった。目にただならぬ怒りの色を浮かべている。

「なにゆえわかってくださらないのですか……あなたをお救いできるのは私しかおらぬのに。なにゆえ私ではなく……あんなひどいお方をいとしく思うのですか！」

璋子が苦しげにもがいた。首を締めつけられ、声を出すことができない。

「義清！」

清盛が飛び込んできた。

「なにをしておるのじゃ！」

義清を璋子から引き離し、咳き込んでいる璋子を気づかった。

「大事ございませぬか」

義清は腰が抜けたように座り込んだ。自分のしでかしたことが信じられずにいる。

堀河局が駆けつけ、璋子に寄り添った。

「璋子様！　璋子様！　……一体なにがあったのです」

厳しく問いただそうと清盛たちのほうを向いた堀河局は、座り込んでいる義清に気づいて息をのんだ。

「なんだ」「曲者か」などと従者たちが騒ぐ声が近づいてきた。

「お逃げくださりませ。早よう！」

堀河局がすべてを察し、義清を急きたてた。

「義清」

清盛は力任せに義清を立たせると、引きずるようにして走り出した。


これよりしばらく前のことだ。

藤原摂関家の忠実、忠通、頼長が、鳥羽院に目通りを願って御所を訪れた。ところがひと足違いで、鳥羽院は水仙を見に出かけてしまったあとだった。

「新年のご挨拶にと思い参ったが、しかたがない。帰ろう」

忠実はさっと諦めたが、頼長は承服しかねている。

「近ごろの王家の乱れの張本人でありながら、のん気に水仙見物とはあきれ申す。お帰りを待ち、ひと言お諫め申さねば気が済みませぬ」

梃子《てこ》でも動かないぞと、頼長は居座りを決め込んだ。

鳥羽院が御所に戻ったのは、夜の帳が下りる頃だった。

「わざわざお待ちの由。いかがした」

頼長が居住まいを正した。

「上皇様に申し上げたき儀が――」

頼長が手をついた途端、院の近臣が慌ただしく部屋に入ってきた。

頼長はあからさまに不愉快だという視線を投げたが、院の近臣には配慮する余裕がない。

「南殿に曲者が現れ、待賢門院様に狼藉に及んだとのこと」

「なんじゃと……！」

すっくと鳥羽院が立ち上がった。

「上皇様。まだお話が」

「出直して参れ！」

乱暴に言い置くと、鳥羽院は足音も荒く出ていった。

頼長は憤懣やるかたない。

「順序だてて事を進めるということをご存じないのか」

不満をあらわにして部屋を出ると、視線の先に庭を横切る人影を二つとらえた。清盛が手引きして、義清が木陰から木陰に身を隠して逃げていく。

うまく御所を抜け出すと、清盛は六波羅の自邸に義清を連れ帰った。気持ちを落ち着かせようと酒の用意をさせ、義清の杯になみなみと注いだ。

義清はぐいっと酒を飲んで笑みを浮かべた。

「やはり酒は女に注いでもろうたほうがうまい」

清盛は怒りに任せ、義清の手の杯を叩き落とした。

「何を考えておるのだ義清……相手は院の妃ぞ」

「……私はただ、引き出したかった。待賢門院様の心の奥に眠っている、人をいとしく思う気持ちを。だがそれを引き出されたのは、私のほうだった。人をいとしく思う気持ちを知らぬのは、私だったのだ」

「……なにを寝言を申しておるのだ！　言うたではないか。俺たち武士が王家を守っておると。今こそそれを思い知らせるときだと。お前もそのつもりだったのではないのか。王家のいざこざに、お前が巻き込まれてどうする！」

「……清盛……私は、もう、終わりかもしれぬ。このことが院に知られれば、北面はおろか、京にもおられぬであろう……どこか遠い国に流されるやも」

「そのようなことはさせぬ！　よいな義清。気弱になるな。お前には友がついておる」

清盛は言葉を尽くして励ました。


璋子は寝所に臥してしまい、衝撃の大きさからなかなか立ち直れない。

付き添っていた堀河局は、憂い顔を隣の部屋に向けて立ち上がった。

隣室には、璋子の容態を心配して、鳥羽院が待っている。

「ご心配なさらず。大事はござりませぬ」

「……なにがあった」

「……申し上げるつもりはござりませぬ」

鳥羽院の問いに、答えを拒んだだけでも礼を失している。そのうえ、これを口にするのは、たとえ堀河局といえどもためらわれ、勇気を振り絞った。

「恐れながら上皇様はお逃げになりました。璋子様のからっぽな目から。今さらお口出しは無用と存じまする」


数日後、頼長は改めて鳥羽院に目通りを求めた。

「内大臣。何事であるか」

鳥羽院が目をやると、頼長のほかに、もう一人の男が平伏している。

「これより院の御前にて証し立てたいことがござりまする——佐藤義清。おもてを上げよ」

顔を上げた義清に、頼長は尋問を始めた。

「先だってこの御所に曲者が現れ、待賢門院様への狼藉に及んだ。私の調べたところによると、そなたはあの日、北面のつとめを中途で終え、院のお供をせずに帰ったと聞いておる。まことか？」

「まことにござりまする」

「それはおかしいのう。そなたの馬は夕刻、まだ御所にあったと厩番が申しておる」

義清に言い逃れるすべはない。

追い詰められていく義清に、鳥羽院がじっと目を据えている。

頼長の追及が続く。

「さらに、私はあの夜、この御所におった……そなたが御所の庭を駆け抜ける姿を見た。なにゆえであろう？　つとめを切り上げて帰ったはずのそなたが。偽りを申し、御所に潜んで、院のお出かけの隙に、なにをしておったのだ？」

頼長は的確に矛盾点を突き、義清の逃げ道を塞いでいった。

「……あれは私であったと言うてくださりませ！　あの夜、待賢門院様を待ち伏せておったは佐藤義清ではなく、この平清盛であったと院に言うてくださりませ」

火急の用事だと強引に璋子に目通りを願うと、清盛はひれ伏して頼み入った。

少し前、義清を案じた清盛が家まで行ってみると、頼長から呼び出されて院御所に出かけたという。

「内大臣・頼長様の追及には、さしもの義清も言い逃れができぬかもしれませぬ。どうか助けてやってくださいませ！」

懸命に訴える清盛だが、堀河局の反応は芳しくない。

「義清殿がなにをしたかわかっていて申しておるのか？」

「……存じております」

「それでよくもぬけぬけと」

「確かに許されざることにござりましょう。されど……あやつはあやつなりに、待賢門院様をお救いしたいと心より考えてのことにござります。なにとぞ……なにとぞ！」

璋子にふと疑問がわいた。

「……そなたはいかがするのじゃ」

「さようなことはあとからどうとでもなりまする！　浅はかなのは承知しておりまする。されど今は義清を内大臣様の追及より救い出すが先。義清はこれからの世に欠かせぬ男にござりまする！」

義清の額から脂汗が流れた。

「どうした……おびえておるのか？」

頼長の声に、揶揄する調子がある。追い詰められ、苦悩する義清を、頼長はじっくり楽しんでいる様子さえうかがえた。

「あの場で堂々と帝の歌を披露した男とも思えぬぞ。佐藤義清……見目麗しく、文にも武にも長けておることを、おのれ自身よう知っておる。なんでもおのれの思い通りになると思うて生きておる。だがこれまでじゃ。所詮は武士。できることなど限られておる……それを思い知るがよい」

頼長が最後通牒のような言葉を義清に突きつけたとき、これまで黙って聞いていた鳥羽院が口を開いた。

「――して。内大臣。話はそれだけか？」

頼長がぽかんとした。

「大儀であった」

鳥羽院が立ち上がったのを見て、頼長が焦った。

「お咎めなさらぬのですか！」

部屋を出ようとした鳥羽院は、璋子が頼りなげに立っているのに気づいて足を止めた。

「……上皇様。なにゆえ……」

璋子がか細い声で尋ねた。そばに堀河局と清盛が控えている。

鳥羽院は、璋子の姿を脳裏に焼き付かせるかのようにじっと見つめた。

「……咎めねばならぬことなど何ひとつ起きてはおらぬ。そなたが誰と何をしようと、もはや私の心にはさざ波ひとつ立たぬゆえ」

璋子の傍らをすり抜け、鳥羽院は出ていった。璋子に背を向けたその顔は、今にも悲しみに歪みそうだ。

堀河局だけが、鳥羽院が心の中で流した涙に気がついた。

頼長に鳥羽院の深慮がわかるはずもなく、悔しさをこらえている。

義清は呆然と鳥羽院を見送り、清盛は安堵してへなへなと膝からくずおれた。


夕方、義清は自邸に帰った。猫が出迎えてすり寄ってくる。濡れ縁を庭のほうに歩いていくと、妻の春子と娘の花子が満開の桜の下で戯れていた。

「殿。おかえりなさりませ」

春子が先に気づき、花子が嬉しそうに駆け寄ってきた。

「父上様！」

小さな手に抱えたものを、義清の掌に大切そうにのせた。数枚の桜の花びらだ。

「美しいでしょう?」

花子はにこにこと笑っている。

義清も一時、波乱に満ちた数日を忘れて微笑み返した。

「……ああ。美しいな」

そよと風が吹き、義清の掌から花びらをさらっていった。

春子と花子が、花びらが舞っていくのを目で追った。

「まこと……美しい……」

義清の微笑みが、妖しく、虚ろになり、猫が膝から逃げて背中の毛を逆立てた。

春子が異常を感じて義清を見た。

「殿……?」

義清の表情がみるみる険しくなり、突然、花子を突き飛ばした。

「花子!」

花子は火がついたように泣き出し、驚いた春子が駆け寄って抱き起こした。

義清の息づかいが異様に荒い。大きく肩を上下させ、外へと飛び出していった。


京の並木道を、義清は一歩一歩踏みしめて歩いていく。

「義清!」

清盛が血相を変えて走ってきた。

桜の木の下で立ち止まり、振り返った義清には、憑き物が落ちたような穏やかさがあった。

「出家する」

義清はきっぱりと告げたあと、うっすらと微笑んだ。

「なにゆえじゃ！　せっかく……」

清盛が唇をかんだ。

「院が私をお許しになったのは、いまだ待賢門院様をいとしく思うておるゆえだ」

「え？」

「いとしいゆえに突き放すのだ。王家の乱れの種は、人が人をいとしく思う気持ち。手に入れたい。手に入らぬなら奪いたい。奪えぬなら殺したい……そんなどす黒い、醜い思いが渦巻き、そこに人を、やがては国を、巻き込んでいくのだ」

「……さればこそ、俺たち武士が！」

「矢は的の中央に当たるがもっとも美しく、歌はそれにふさわしき言葉が選ばれ見事に組み合わされたときこそもっとも美しい。いかなる世においても美しく生きることが私の志だ。私には、醜さにまみれて生きる覚悟はない」

同じことを、義清は四、五年前にも言った。歌や武芸の才能に恵まれてはいても、稽古や鍛錬に励むのは出世のためではなく、美しさをもとめているだけだと。清盛が望むようにおもしろく生きるのもよし、義朝が望むように強く生きるのもよし、それがおのおの志す武士のあり方ということだと。

だが、どう生きようと、武士であることが大事なのではないのか。

「……義清ーっ！」

清盛は思い切り義清を突き飛ばし、倒れた義清に馬乗りになって一発、二発と殴った。

「たわけたことを……たわけたことをーっ……！　さようなことで逃げるなど、お前らしゅうない。俺の知ってる義清はそんな情けない男ではないぞ。聞いておるのか義清！」

清盛は何度も何度も殴り、義清は殴られるままになっている。口の端が切れ、土で汚れ、どろどろの傷だらけだ。その姿がまた、清盛にはたまらなく情けない。

「俺ごとき者に地を這わされ、土にまみれ、ぼろぼろになりおって。さようなものは義清ではない！　さようなお前を見とうない」

殴り続ける清盛も、涙と土でぐしょぐしょだ。

「お前は京で一番すぐれた武士だろう！　見目麗しく、文にも武にも長け、京じゅうの男に敬われ、女に惚れられる、佐藤義清だろうが！」

清盛は力尽き、義清の上に突っ伏すと嗚咽を漏らして泣いた。

「義清。義清。お前がおらぬようになってしもうたら、俺はどうすればいいのじゃ。誰が俺に難しきことを教えてくれる。誰が俺の代わりに歌を詠んでくれる。誰が俺の手本となってくれるのじゃ、義清」

薄紅の桜の花びらが、清盛と義清の肩に、背に、頬に、とめどもなく降り注いだ。

「……清盛」

「うるさい！」

「お前さんは私のたったひとりの友だ」

「うるさい、うるさい！」

「それゆえお前さんに見届けてほしい」

「うるさい」

「佐藤義清、一世一代のわがままを」

「うるさい……」

義清はやっとのことで清盛の下から這い出ると、身を起こして腰刀を取り出した。

「身を捨つる　人はまことに　捨つるかは　捨てぬ人こそ　捨つるなりけれ」

「義清――」

「――今はこれまで」

義清は髻をつかみ、元結の根元からぷっつりと切り落とした。

清盛は身動きひとつできず、端正な顔のまま、ざんばら髪になった義清を呆然と見た。義清の乱れた髪にも桜が舞い落ちる。

義清は微笑むと、桜の花びらが舞い散る中を歩き出した。

〈京随一のもののふと呼ばれた佐藤義清は、乱世の舞台に立つことなく、世捨て人となった〉

追いかけようとして、清盛は思いとどまった。立ち上がり、涙を拭くと、仁王立ちして踏ん張った。出家した義清は、どんな美しいものをもとめるのか。今は、ただ、見守るしかなかった。

第十一章　もののけの涙

京随一のもののふと呼ばれた義清が出家したことは、多くの人たちに少なからぬ波紋を投げかけた。

「義清は私の罪深さを背負うて出家したようなものじゃ……すまぬことをした」

「……それはちがいまする。義清殿は、璋子様によって知ったのです。人が人をいとしく思うことの罪深さを。璋子様こそが身を捨てて、義清殿にお教えしたのです」

御所の庭で夜桜を眺め、璋子と堀河局は俗世を離れた義清に思いを馳せた。今宵は満月だ。散りゆく桜の花びらが、月光に照らされてきらめいた。

崇徳帝もまた、義清を失って心に大きな痛手をこうむった。

「平清盛。おもてを上げよ」

崇徳帝の近臣・藤原教長《のりなが》が、平伏する清盛に命じた。教長も歌人として知られている。

「そちは佐藤義清と親しかったと聞く。にわかな出家のわけ、聞いてはおらぬか」

清盛は顔を上げ、しばし黙考した。御簾の向こうにいる崇徳帝が、憔悴しきった様子なのがうかがえる。

「身を捨つる　人はまことに　捨つるかは　捨てぬ人こそ　捨つるなりけれ」

清盛は、義清の歌を詠んだ。御簾越しに、崇徳帝が耳を傾けたのがわかった。

「義清が出家の折に詠んだ歌にござりまする。王家の騒動に巻き込まれ、翻弄されて、義清は俗世を捨てました……あやつをそこまで追い詰めたは、今の政にござりまする」

崇徳帝は慣例を破り、じかに清盛に語りかけた。

「……朕を責めおるか。朕は義清だけが心のよりどころだったのじゃ！」

「恐れながら、帝は鳥羽の院のお子にあらず、白河院のお子におわすとうかがっておりまする」

「控えよ！」

教長が鋭く制したが、清盛は黙らなかった。

「叔父子と呼ばれ、鳥羽の院に疎まれておいでと。この平清盛も同じにござります。生まれ出る前から実の父・白河院に命を狙われ、母は私の目の前で殺されました。されど、もののけの如きお方にいつまでも振り回されるのは御免こうむりたく、この醜き世を、私なりにおもしろう生きて参る所存にござります」

どう生きていくか。それは、崇徳帝自身が決めるしかない。このことを、義清に代わって、崇徳帝に伝えておきたかった。

〈この年、崇徳帝に待望の皇子・重仁《しげひと》様がお生まれになった。崇徳帝から鳥羽院へ、初めて反撃の機会が生まれたのである〉

崇徳帝は、鳥羽院を内裏に呼んで直截に語った。

「朕はわが皇子・重仁に帝の座を譲りたい」

「……恐れながら、すでにわが皇子・躰仁が東宮となり、次の帝になることが決まっておりますが」

「血のつながりの薄き者には譲りとうない……上皇様が叔父子の朕を忌み嫌うと同じじゃ。朕はわが子の後ろ盾となり、朕の思う政をしたい」

崇徳帝の凛とした態度は、鳥羽院に反論する隙を与えない威圧感があった。

崇徳帝の意向は、忠通や得子の知るところとなった。

「女房ふぜいに産ませた子を帝にしようなどと……これでは何のために躰仁様を中宮のご養子としたかわかりません！」

忠通は嘆くことしきりで、関白らしからぬ狼狽の仕方だ。

得子は悠々と酒をたしなみ、愚痴っぽい忠通を侮るように見た。

「うろたえなさるな、関白殿。おもしろうない男じゃの」

「得子様までさような……」

「虐げられし帝が初めて牙を剥かれたのじゃ。受けて立ってさしあげねば、無礼であろう」

得子の頭の中で、すでに計略が練られている。

翌日、得子は胸に一物あることなど気振りにも出さず、いかにも妙案が浮かんだかのごとく崇徳帝の前に進み出た。

「重仁様を帝の座につける策がございます。まず、早々に躰仁にご譲位なさってくださりませ」

崇徳帝は得子の真意を疑い、教長を介して納得できる説明を求めた。

「東宮を躰仁と定めたうえは、まずは躰仁を帝にせねば、中宮様の父・関白様がますます不快に思われましょう。院と関白、このおふたりが手を組まれるようなこととなれば帝には大変なご迷惑でござりましょう？」

教長が崇徳帝の言葉を伝えた。

「そなたがさようなことを案じるは解せぬ、との仰せにござります」

「……私とて鬼でも蛇でもござりませぬ。院の、長年の帝へのなさりようには心を痛めておりまする」

得子はいかにも心苦しいという表情をして、御簾の向こうの崇徳帝を見た。

「血がつながらぬとは申せ、院と帝は父と子……それがさように憎みあうお姿、おいたわしゅうござりまする。そもそもなんのために躰仁を帝の養子にしたとお思いですか。院による政とは父が子に代わって執り行うもの。弟君へのご譲位とならば、政がならぬゆえにござりましょう。重仁様はわが養子としてしかとお育ていたしまする……躰仁退位ののち、帝となられまするように」

迫真の演技だった。

義清のような心から信頼できる者がいれば、崇徳帝が得子の口車に乗ることはなかったかもしれない。孤独な崇徳帝にとって、得子の言葉は耳に優しく、甘言を弄したことを見破るのは容易ではなかった。


翌、永治元（一一四一）年十二月七日。崇徳帝は帝の座を躰仁に譲った。

内裏の紫宸殿で、宣命使が譲位の宣命を読むのを、崇徳帝は御簾の向こうで聞いている。

「……皇太弟と定めたまへり、躰仁親王にこのあまつ日嗣《ひつぎ》を授けたまふ……」

「今……なんと……？　皇太弟と……朕の弟に位を譲ると申したのか?!」

崇徳帝は愕然とした。

控える武官たちは沈黙を守り、宣命使は淡々と宣命を読み続けた。

「清く直しき心を持ち皇太弟を輔け導き仕り奉り……」

「ちがう！　弟ではなく子として躰仁に譲位したのじゃ。弟に譲ったのでは上皇として政ができぬ！　たばかりおったな。得子。たばかりおったな！」

崇徳帝の悲痛な叫びが、紫宸殿に虚しく響いた。

こののち、皇太弟の躰仁がわずか三歳で即位し、近衛帝として玉座についた。

鳥羽院はすでに出家していたが、法皇となってなお治天の君として君臨し、引き続き院政が行われる。すべては得子の思惑通りに進められた。

この譲位は、崇徳帝の踏みにじられた思いのうえに成立し、崇徳帝にとってのちのちまで引きずる大きな遺恨となった。

康治元（一一四二）年正月。

忠盛の館に、平氏の一門、忠正、家貞、維綱、忠清、家盛、そして清盛が集まった。

世の趨勢を見極めると、前年の暮れに近衛帝が即位したばかりで、鳥羽法皇、崇徳上皇、近衛帝の三人が立場を異にしている。加えて得子が国母となって皇后に立てられた。平氏が今後、誰との結びつきを重要視していくか。その人選が、一族の将来に大きくかかわってくる。

「われら平氏も今のうち、鳥羽の法皇様ばかりでなく、得子様にも取り入っておくべきではござりませぬか」

維綱が得子の名をあげた。

「いや、あまりに無節操なやりようは不信を招こう」

家貞が慎重な意見を出した。

あるいは摂関家の力が増せば、政の主導権がどちらに転ぶかわからなくなる。忠正がそこを指摘した。

「そもそも院に忠義を励むばかりでよいのか？　内大臣頼長様はまこと、藤原摂関家の栄華を取り戻されるやもしれぬ」

「今は父上が三位の公卿になれるか否かの瀬戸際にござります。やはり引き続き法皇様に忠勤を――」

家盛が真剣に話している途中で、大あくびした不届き者がいる。清盛だ。

「兄上！」

「おお……すまんすまん。あまりにくだらぬもので」

「くだらぬとは何事にござりまするか。一門の行く末を話し合うておるのですよ」

「王家にも摂関家にも、信ずるに足るお方などおられぬわ。誰に取り入るかなど話し合うだけ無駄じゃ」

「ではいかにして世を渡るおつもりですか」

「たやすいことじゃ。おもしろき道を選べばよい」

「……兄上。兄上も私も今は一家をなす身。いつまでも戯れを言うておる年ではありませぬ」

家盛がめずらしく力み、清盛と舌戦を繰り広げた。

「それくらいにしておくがよい」

忠盛が間に入った。せっかくの正月を、口論で終わらせるのはもったいない。

忠盛が目配せすると、宗子、明子、家盛の妻・秀子が正月らしい晴れやかな装いで現れた。三人は、それぞれ和琴、琵琶、笙《しょう》を手にしている。

宗子が挨拶の口上を述べた。

「新年のおよろこびを申し上げまする。今宵は私と、清盛の妻・明子、家盛の妻・秀子、三人で、一門のますますの繁栄を願い、楽を奏したく存じまする」

三人の妻たちの息の合った演奏が始まった。

「義姉上の和琴。いつもながら見事じゃ。やわらかい中に力強さがある」

やはり、忠正は宗子贔屓だ。

「秀子様の笙もさすがに。まこと品よき音色にござります」

維綱は家盛の乳父だけあって、秀子に肩入れしている。

「明子様の琵琶の音も、お人柄のとおり、凛としておる」

家貞が聞き惚れた。

忠清は感じたままを素直に表した。

「楽のことはわかりませぬが、心地ようござります」

それこそ一番大切なことと、忠盛が頷いた。

「三つの音色が見事に調和しておるということじゃ。それぞれがそれぞれの色を出し、互いにないものを補い合い、高め合う。これこそ平氏一門の追い求める姿じゃ」

忠盛はきれいにまとめたが、集まっているのは無骨な武士たちだ。

「……殿。うまいことを言われすぎにござります」

家貞が茶化した。

「ん。そうか」

忠盛にとぼけた味がある。わっと笑いが広がり、清盛と家盛は顔を見合わせて噴き出した。

そんな清盛を、明子は琵琶を演奏しつつ微笑ましく見ていた。

時子は十七歳になり、相変わらず『源氏物語』の世界にどっぷりとつかっている。

「いと若うをかしげなる声の、なべての人とは聞こえぬ、『おぼろ月夜に似るものぞなき』とうち誦じてこなたざまには来るものか。いとうれしくてふと袖をとらへたまふ……『深き夜の　あはれを知るも　入る月の　おぼろげならぬ　契りとぞ思ふ』……」

時子が読み聞かせているのは、年の離れた妹・滋子だ。まだ三歳の滋子は、『源氏物語』を聞くより、なぜか手にしている瓶子で遊ぶのが楽しい。

「ああ……これが光源氏と朧月夜の君の出会いなのね……」

光源氏に袖をとられる朧月夜の君が、妄想の世界で時子になった。時子はうっとりとし、ちらっと滋子を見ると、どこで覚えたのか瓶子の中身を飲む仕草などしている。

「滋子！　はしたない。さようなことでは朧月夜の君のように雅なお方にいつくしまれるおなごにはなれませぬよ！」

この日、時子に来客があった。

「明子様……！」

「時子様。おひさしゅうござりまする」

挨拶を交わす明子は、穏やかに微笑んでいる。

「……ようございました。明子様、お幸せそうで。清盛様はまこと、明子様の光る君だったのですね」

「はい」

明子がはにかんだ。

「ときに時子様。琵琶は続けておいでですか」

「え……ええ、もちろん」

時子が口ごもって、ごまかしたのを、明子は気づかなかったようだ。

「よかった。実はお願いしたいことがあるのです。このたび、やんごとなき姫様方に琵琶をお教えするよう、殿と親しき家成様より頼まれまして。それを時子様に手伝うていただきたいのです」

「え……それは清盛様の館にて」

「はい」

「……申し訳ありませぬが、それは」

「さようなことをおっしゃらずに。お願いしまする。ひとりでは心もとないのです」

「なんと言われようとできませぬ」

時子は頑固に拒んだ。


数日後、時子は清盛の館で明子と並び、琵琶を習いに来た三人の貴族の娘と向き合った。

「琵琶はそのものがよき音色ですが、琴や笙、篳篥《ひちりき》などと合わせたときにこそ、まことの値打ちがあると私は思うております。琵琶の音があればこそ、ほかの楽器が際立つのです」

明子が解説すると、時子はさもありなんと頷いた。

「では私が拍子をとりますから、時子様、弾じてくださいさい。はい、と－ん、とん、とん」

明子が膝を叩いて拍子をとり、時子が拍子に合わせて琵琶を弾じた。しかし、すぐに拍子と音がずれていく。

「あ、あら。おかしゅうございますね。少し調子が……」

とぼけた時子を、明子が軽く睨んだ。

「時子様。さては……」

「お稽古を怠っているとこうなるという手本を見せたのでござります」

時子が頓智《とんち》を働かせ、明子も娘たちも笑ってしまった。

まだ笑いが残っているとき、庭を清盛と盛国が横切った。貴族の娘たちから笑いが消え、むくつけき男たちに怖気づいた。

「大事ござりませぬ。わが殿にござりまする」

明子が安心させ、娘たちが清盛に頭を下げた。

「殿。こちらは平時信様の姫君、時子様にござります」

明子に紹介され、清盛は無頓着に時子を見た。

「おお。明子の友だちか。お初にお目にかかります」

「お初に？　二度も会うているではござりませぬか」

「二度も？　はて。いつ、どのようにお会いしましたか」

「いつ、どのように?!」

時子が頬を膨らませた。

一度目は、光源氏と紫の上の出会いの場面を彷彿させるように雀が地面に降りてきて、時子がその雀を捕らえようとしていたのに、男が乱暴に馬を駆ってきて逃がしてしまったとき。

(おおー。雀の子、あんなに急いでどこへ行く。腹は痛いし、かわやは遠し)

男は品のない歌もどきを詠んで走り去った。

二度目は、明子が密かに慕う人との出会いを、光源氏と明石の君との恋に重ね合わせ、神社にお参りに行ったときだ。拝殿を占領し、むやみに騒々しい音を立てて手を叩く男がいた。

（……あっ。あのときの、雀男！）

雀男こと清盛は、時子など眼中にないとばかりに押しのけ、明子を追いかけた。

時子の夢をこわした張本人のくせに、きれいさっぱり忘れている太平楽ぶりだ。

「……思い出さなくて結構にござります！」

「なんじゃ。妙なおなごじゃな」

「まあ！　あいもかわらず無礼な光らない君！」

時子と清盛が丁々発止とやっている間、明子は何気なく盛国を見て、おやっと思った。貴族の娘たちは各々侍女を連れている。その一人、波子に盛国が熱っぽい視線を送っている。波子も憎からず感じているのか、恥ずかしそうに目をしばたたいた。


清太が生まれた翌年、清盛と明子に第二子が誕生した。生まれたのはおのこで、清次と名づけられた。清太と清次はそれぞれ五歳と四歳で、清盛と明子の慈愛を受けて心身ともにすくすくと成長している。家族がいる幸せを味わえばこそ、明子は心に留めていることを清盛に相談した。

「盛国のことでござりまするが……そろそろ考えてやってもよいのではござりませぬか」

「なにをじゃ」

「妻を迎えることにござります」

「妻？　盛国の。妻。妻……まことじゃ！　あいつはとうに妻を迎えておかしゅうない年じゃ。うっかりしておった」

失念していた清盛は大いに反省し、すぐに盛国を居室に呼んだ。

「私に妻を……でござりまするか」

自分のことでありながら、盛国はぴんと来ない。

明子はすでに、盛国の妻によさそうな娘を候補に考えていて、清盛の了承ももらっている。

「お相手は琵琶を習いにおいでの姫様にお仕えする波子殿を考えておる。先だってお見かけしたであろう」

「は……はい……」

盛国は寸時、波子を脳裏に浮かべ、ぐっとこらえて迷いを吹っ切った。

「せっかくのお話ですが、遠慮いたしとうござりまする。私にはまだまだ学ばねばならぬことも多く、とても妻や子を背負う覚悟がござりませぬ」

「しかし」

なかなかいい相手だと思っていただけに、清盛は残念だ。

「私などのためにお考えくださり、ありがとう存じます。申し訳ござりませぬ」

盛国が頭を下げた。その口ぶりから、考えを改める気はなさそうだ。

「ああ、そうか！　ならば勝手にせい」

「お許しを」

「なんじゃ。いともあっさりと断りおって」

せっかくの好意を無碍にされた気がして、清盛は腹を立てて出ていってしまった。


「盛国！」

呼び止めると、明子は庭におり、帰ろうとしていた盛国に追いついた。

「盛国……そなた、気にしておるのではないか？　もとは漁師であることを」

盛国は図星を指されて動揺し、心を落ち着かせてから打ち明けた。

「……波子殿は名ある家に仕えておいでとお見受けいたしました。私が粗相をすれば、殿に恥をかかせてしまいまする」

「……盛国……そなたは立派な武士じゃ。そなたほど心優しく、強く、ひたむきなおのこを私はほかに知らぬ。殿のはからいで武士の身分となったことをかたときも忘れず、武芸にも、学問にも励み、誰よりも殿を思うて、殿に尽くしてくれておる。漁師の出であればこそ、そうなれたのではないか？　どうか殿と私に、そなたの婚礼の支度を調えさせてはくれぬか。盛国」

明子は言葉を飾らず、ただ切々と盛国に語りかけた。

盛国は感動で胸がいっぱいになり、こみ上げる涙をこらえた。

「……はい。北の方様」

いつからか清盛が廊下にいて、明子と盛国のやりとりを聞いている。温かい笑みで盛国を見守っていた。

その夜、清盛は寝転がって、明子が琵琶の手入れをするのを見つめていた。

「……明子……まことそなたは、琵琶のごときおなごじゃ。決して目立たぬが、要となって家を支えてくれておる」

「そんな。もったいのうござります」

「まことじゃ。俺はそなたがおらねばなにもできぬ」

明子が琵琶を弾じると、清盛はじっと目を閉じて聞き入った。明子の琵琶の音が、清盛を包み込んでいく。清盛は母親に抱かれた赤子のように安らかな顔になり、穏やかな寝息を立て始めた。

東国に下った義朝は、三浦義明の一族や、上総常澄に加え、相模の波多野義通《はたのよしみち》といった荒くれた東国武士の多くを配下に置いた。歴戦の強者といった風格が身につき、命がけで生き抜いてきた凄みがある。

武力ばかりではない。先に義明の娘との間に義平《よしひら》というおのこをもうけていたが、このころ、波多野一族との絆を深めるために義通の妹と契り、のちに朝長《ともなが》と名づけられるおのこが生まれる。

義平、朝長ともに源頼朝の腹違いの兄だが、頼朝が産声を上げるのはあと数年先のことだ。

そして、いずれ頼朝の母となる由良御前、今はまだ熱田の宮の娘である由良は京で暮らし、義朝がいつ京に帰ってくるかと首を長くして待っていた。

ときには、待ちきれない娘心が、由良をして為義を訪ねては高飛車な態度をとらせた。

「いったい、お手前は何をなさっておいでじゃ。源氏の棟梁たるお人が、いつまでも位低き検非違使で、これといった手柄もたてずにくすぶっておいでとは――」

「黙らっしゃい！　黙って聞いておれば……。熱田の宮の姫様か内親王の女房か存ぜぬが、そうずけずけ言われる筋合いはない」

とうとう為義が怒った。たとえおなご相手でも、いつまでも下手に出て甘い顔ばかりしていられないと、こわい顔で由良を見ている。

由良は縮み上がった。

「……申し訳ございませぬ。失礼なことを申しました。私はただ……お会いしとうて。義朝様に、お会いしとうて……」

由良は泣きそうになった。

いちずに義朝を慕う娘心に、為義の気持ちもほころんだ。


皇后となった得子は、権力をほしいままにした。この年の半ば、得子は璋子と堀河局を呼び出した上に待たせ、御影ら女房たちを引き連れて悠々と上座についた。

御影もまた態度が大きくなっている。

「判官代《ほうがんだい》　源《みなもとの》盛行《もりゆき》。ならびにその妻、津守嶋子《つもりしまこ》は、待賢門院様に仕えておる者たちでしたな?」

「さようにござりまする」

堀河局が訝しげに応えた。

「このたび土佐へ流すことが決まりましてござります」

「……いかなる咎にござりましょうか」

堀河局が不審げに聞くと、得子がぐいと璋子を見据えた。

「この私を呪詛した咎にござりまする。躰仁を帝の座につけ、あなた様を国母の座から引きずりおろしたことがよほど気に入らなんだのでしょう」

得子が目配せして、御影が見るからにおどろおどろしい人形を差し出した。天児《あまがつ》といい、幼児の傍らに置き、身代わりとして厄災などを負わせる人形だ。御影が差し出したのはぼろぼろになった天児で、着物に怪しげな呪詛の文字が書かれている。

「判官代の館の庭より見つかりましてござります。勝手にやったことか、あなた様がお命じになったのか……そこは詮索いたしませぬゆえ」

恩着せがましく言うと、得子は立ち上がり、御影らを従えて出ていった。

「璋子様はさようなことはなさりませぬ！」

堀河局の抗議に耳を貸すつもりなど、端からなかった。

「堀河。もうよい」

璋子は天児に目を凝らしている。

「これをよう見よ」

璋子が見ているのは、天児が着ている着物だ。

「得子様が皇女をお産みになったとき、お祝いに私が差し上げた産着じゃ」

「では……これは璋子様を陥れんがために得子様が……」

「陥れるのではない。救うてくださるのじゃ。鳥羽の法皇様を傷つけ、新院を苦しめ、義清を出家に追いやった私の愚かさを……こうして突きつけてくださったのじゃ……」

〈このわずかひと月のち、待賢門院様は、堀河局ら女房たちとともに髪をおろされた。鳥羽法皇と待賢門院璋子様――このおふた方は、心を通わせ合うことのないまま、ついに別れ別れとなられた〉

清盛と明子は神社に参詣し、拝殿に並んで手を合わせた。清盛が参拝を済ませたあとも、明子はいつまでも祈り続けている。

「なにを祈願しておるのじゃ？」

「殿のご健勝。清太と清次が健やかに育つこと。盛国と波子様の睦まじきこと。博多にいる兎丸たちの無事。平氏一門のご隆盛。わが父の長命……」

「人のことばかりではないか」

「前は、父が住吉明神におすがりするのがいやでなりませんでした。されど今は――あれほどまでに父が私のことを心配してくださった気持ちがようわかります」

「……よし、ではそなたのことは俺が願うてやろう」

清盛は勢いよく、ぱんぱんと手を鳴らした。

「おたのみ申しまする！　明子の健やかなること。明子の琵琶がますます上達しまするこど。明子の――」

「殿。そんなにお願いしてはお困りになります」

明子は、自分がたくさん祈願したことを棚に上げている。

「なんの、神様がこれしきでお困りでどうする！」

清盛は、神様の都合などあとまわしだ。

「では、ひとつだけ、お願いいたしまする……今年こそ、殿と海に行き、船に乗れますようにと」

明子が微笑んだ。清盛と明子が交わした約束だ。

「……よし」

清盛は照れ隠しをするように、ことさら大きな音でぱんぱんと手を叩いて拝んだ。

明子は幸せそうにしている。

少し離れたところで、盛国と侍女たちが控えている。清盛と明子の仲睦まじさが、盛国は自分のことのようにうれしかった。

清盛たち一行が参道を帰る途中、見るからに飢えと病で息も絶え絶えの男がよろよろと歩いて来て足をもつれさせて倒れた。

「いかがした。大事ないか？」

すぐに明子が駆け寄り、侍女たちを振り返った。

「なんぞ薬をおやりなさい」

倒れた男の手を、明子がためらいもなく握るのを、清盛は驚きの目で見ていた。


夜になると、清盛は横になってくつろぎ、明子が弾く琵琶の音に耳を澄ませた。目を閉じて聞けば、優しい音色は穏やかな明子そのものだ。その音色が、突然、音をはずして乱れ、鳴り止むと同時に鈍い物音がした。

清盛が身を起こすと、琵琶が投げ出され、明子が苦しそうにうずくまっていた。

高熱を発した明子は一室に寝かされ、ただちに薬師が召し出された。

「――風病のようでござりまするな」

薬師が見立て、そばに座している清盛に難しい表情をした。

「風病……？」

「都で流行っている疫病にござります。どなたさまも近くに寄らぬが賢明と存じます」

「早よう治せ」

「……お気の毒にござりまするが――」

清盛はこめかみをピクつかせて薬師の胸倉をつかんだ。

「治せと言うておる！」

「な、治せる薬がないのでござります」

「宋の薬を手に入れよ！」

「ご無体な……」

「……もうよい！」

薬師を突き倒し、清盛が部屋の外に走り出た。

廊下を大股でどんどん行くと、盛国が慌てて追いかけてきた。

「殿！　どこへ行くつもりです！」

「博多じゃ。宋の薬を求めに行くのじゃ！」

「落ち着かれませ」

「疫病ぞ！　このままでは明子は死ぬのだぞ」

清盛が怒声を上げると、盛国がはっとして立ち止まった。知らせを受けて駆けつけた明子の父・基章が、今の話を聞いたらしく蒼白な顔で清盛を見ている。

「……申し訳ござりませぬ！」

基章は崩れるように膝をつき、両手をつかえて詫びた。

「清盛様の妻としていただきながら……お邸うちに病など持ち込んでしまい……」

「かようなときに何を仰せか」

基章を立ち上がらせようと清盛が手を添えたとき、明子が臥せている部屋で侍女たちがバタバタと慌ただしく動いた。

「熱がいっそう高うなりまして」

言い訳しながら侍女が走っていく。

身を翻して明子の部屋に戻ろうとする清盛を、基章が行く手をふさいで止めた。

「なりませぬ！」

「俺は明子の夫ぞ！」

「その前に平氏のご嫡男にござります。清盛様にもしものことあらば……明子は病に苦しむよりもっと苦しむことになりましょう」

かつてない基章の激しい剣幕に気圧され、清盛は呆然と立ち尽くした。


うららかな日和に誘われて、時子は琵琶を抱えて清盛の館を訪れた。庭に清太と清次がいて、清次がしくしく泣いているのを清太が兄らしく励ましている。

「おい、清次、泣くでない……泣くな！」

時子は微笑みながら二人の兄弟に歩み寄った。

「清太殿。清次殿。けんかですか？　おのこが泣いていてはお母上に笑われますよ」

途端に清太まで泣き出し、時子は困ってしまった。

屋内から祈禱の声が聞こえてくる。

「……なにかあったのですか？」

時子が不安に駆られたとき、祈禱の声が一段と大きく聞こえてきた。

一室で僧たちが懸命に祈禱を捧げていて、清盛が一心不乱に明子の回復を祈願している。見舞いに訪れた忠盛、宗子、家盛、家貞は、精魂を傾けて祈る清盛に声をかけることができない。

突然、清盛が祈りをやめ、カッと目を見開いた。

「……これだけ祈禱を続けて、なぜ熱が下がらぬ――そうじゃ。陰陽師を呼ぼう」

清盛が陰陽師などと言い出したことに、忠盛と家貞がギクリとして顔を見合わせた。

清盛は理性を失い、何か禍々《まがまが》しいものでも見ているかのようだ。

「薬師にも治せず、僧に祈禱をさせてもおさまらぬのじゃ。なにかとり憑いておるのやもしれぬ。陰陽師を」

「陰陽師などあてにしてはならぬ！」

忠盛が叱りつけた。

清盛は心外だと言わんばかりに、忠盛に顔を向けた。

「……ならばどうせよと言うのですか！　え！　どうやって明子の命を救うのですか」

ふと、清盛が口をつぐんだ。どこからか、琵琶の音が聞こえてきた。

みなを癒すかに鳴り始めた琵琶の音は、途中からところどころ調子がはずれた。弾いているのは、庭の縁側に腰かけた時子で、なかなか泣き止まない清太と清次を慰めているつもりだ。

清太が鼻水をすすりあげた。

「母上のと、まるでちがいまする」

「ぜいたくを言うてはなりませぬ、これは明子様直伝の音色ですよ！」

時子なりに心を込めて弾いている。

調子はずれの琵琶の音は、高熱に苦しむ明子の耳にも届いた。帳の中に横たわり、朦朧とした意識の中で、明子の手がゆっくりと動いて琵琶を弾く仕草をした。

「……とーん、とん、とん」

明子の小さな声が聞こえ、隣室に控えていた基章が転げるようにして飛び込んできた。

少しすると、清盛がいる部屋に、家人が知らせにきた。

「殿！　北の方様が目を……」

清盛は猛然と部屋を飛び出した。


うっすらと目を開いた明子に、基章が帳の外から懸命に声をかけた。

「……明子……すまぬ。なにもしてやれず……すまぬ」

「……なにをおっしゃいます。父上。父上がご祈願してくださったおかげで、私は、まこと幸せな一生にござりました」

「明子……」

「どうか父上。末永く、達者で」

基章は涙でもう言葉にならない。

「明子！」

隣室から、清盛が大きな声で呼びかけた。清盛が明子のもとに行こうとするのを、盛国が必死に押しとどめている。

「なりませぬ……殿はなりませぬ！」

「明子！　死んではならぬぞ。明子！　約束したではないか。二人で船に乗り、海を見ると！」

明子の目が、夢見るようにかすかに揺れた。

「……もう……充分に、見せていただきました。大きな船も、海の景色も、殿の目に、映っていたから。殿の目に映る、広くておもしろき世を、共に思い描くことができて――明子は、幸せにござりました」

消え入りそうな明子の声を、清盛はひと言ものがすまいと全身を耳にして聞いた。

「明子……」

「殿。どうか――悲しまないでくださりませ」

「明子!!」

清盛は力任せに盛国の手を振りほどき、明子がいる部屋に飛び込んだ。帳の中の顔をのぞきこめば、明子は安らかに眠っている。永久の眠りについたあとだった。

基章が肩を震わせ、涙に暮れている。

「……うあぁ!!」

清盛が雄叫びをあげた。僧たちが祈禱している部屋に突入し、誰彼かまわずつかみかかった。

「この役立たずどもが！　明子を甦らせよ！　さもなくば生きてここから帰さぬ」

清盛が宋剣を抜いた。

僧たちは恐れおののき逃げ惑い、家盛は宗子を守って部屋から連れ出した。

「殿！」

盛国が駆け込んできた。

振り返った清盛に、忠盛と家貞は慄然とした。清盛がもののけのような目をしている。

「早よう生き返らせよ！　斬られたいのか」

清盛は宋剣を振り回そうとする。

盛国は身を投げ出し、清盛の体を押さえ込んだ。

「殿……！　恨むなら宋の薬を求めるを許さぬ法をお恨みなされませ。飢餓と疫病を止められぬ朝廷をお恨みなされませ。そして、みなが健やかに生きられる世を……殿がお作りなされませ。それこそが、北の方様が夢見た景色にござります！」

清盛の手から、宋剣が力なく落ちた。

「……明子……明子!!」

清盛は赤子のように泣き崩れた。


清太と清次が泣き疲れて眠ると、時子は琵琶を置いて夕焼け空を見上げた。

「……明子様」

時子の頬を、涙がひとすじ伝って落ちた。

〈琵琶の音の如く、つつましやかに清盛とその一党を支えていた妻・明子の死は、清盛を悲しませただけでなく、もののけの如く生きた白河院の血が清盛に流れていることを、育ての父・忠盛に否応なく思い出させた。平氏における清盛の立場は、やがて大きく揺らぐことになる〉

夕日が射し込む部屋で、清盛はひとり慟哭した。ひそかに忠盛が見ているとも知らず、哀切極まりない姿をさらし、清盛はとめどなく泣き続けた。

本書は放送台本をもとに構成したものです。番組と内容が異なることもあります。ご了承ください。

平清盛 一

二〇一一(平成二十三)年十一月二十五日　第一刷発行
著者　作　藤本有紀／ノベライズ　青木邦子
発行者　溝口明秀
発行所　ＮＨＫ出版
〒一五〇―八〇八一　東京都渋谷区宇田川町四十一―一
電話〇三―三七八〇―三三八四（編集）
〇五七〇―〇〇〇―三二一（販売）
振替〇〇一一〇―一―四九七〇一
印刷　凸版印刷
製本　凸版印刷

ホームページ　http://www.nhk-book.co.jp
携帯電話サイト　http://www.nhk-book-k.jp
Printed in Japan
ISBN978-4-14-005613-4 C0093